님께

사랑의 마음을 담아

이 책을 드립니다.

드림

당신의 빈자리와 함께 살아가는
우리 가족 이야기

10년만 더 일찍 당신을 만났다면

김 수 려 지음

10년만 더 일찍 당신을 만났다면

초판인쇄 2020년 5월 11일
초판발행 2020년 5월 15일
발 행 인 민유정
발 행 처 대경북스
ISBN 978-89-5676-820-5

이 도서의 국립중앙도서관 출판예정도서목록(CIP)은 서지정보유통지원시스템 홈페이지(http://seoji.nl.go.kr)와 국가자료종합목록 구축시스템(http://kolis-net.nl.go.kr)에서 이용하실 수 있습니다. (CIP제어번호 : CIP2020018776)

등록번호 제 1-1003호
서울시 강동구 천중로42길 45(길동 379-15) 2F
전화: (02)485-1988, 485-2586~87 · 팩스: (02)485-1488
e-mail: dkbooks@chol.com · http://www.dkbooks.co.kr

들어가는 글

"자네 인생에서 가장 행복했던 순간에 혼자였나?"

영화 〈인 디 에어〉에서 결혼식 당일 겁이 난다고 결혼을 주저하는 신랑한테 신부의 오빠인 남자 주인공이 던진 질문이다. 결혼해서 아이 낳고 정신없이 아이 키우고 그러다 나이 들어 죽으면 그만인데, 왜 결혼을 해야 하냐는 신랑의 질문에 답을 하면서 오히려 이렇게 질문한 것이다. 신랑이 "아뇨"라고 대답하자, "사람은 누구나 부조종사가 필요하지"라고 하자 신랑은 마음을 바꾸게 된다. 울고 있는 신부에게 가서 "내 부조종사가 돼 주겠어?"하면서 프로포즈를 한다.

나에게도 물어본다면 당연히 함께한 가족들이 생각난다고 할 것이다. 물론 행복했던 순간과 함께 슬프고 힘들었던 순간에도 가족이 생각난다. 행복한 순간에는 가족과 함께 있어서 더욱 행복했고, 슬프고 힘들었던 순간에는 가족이 있어서 견뎌낼 수 있었다. 이 영화에서는 해고 통지를 받은 사람들이 처음에는 가족들을 걱정하면서 힘들어 하지만, 나중에는 이 힘든 순간들을 가족이 있어서 견뎌냈다고 말하고 있다.

50여 년의 인생을 살아오면서 가족 구성원이 조금씩 바뀌어 왔다. 결혼 전에는 할머니, 아버지, 어머니, 동생들과 함께한 가족이었다. 손녀로서, 장녀로서, 큰언니로서의 역할을 하면서 살았다. 그러는 가운데 기쁘고 즐거운 일들도 많았고, 슬프고 가슴아픈 일들도 있었다. 슬픈 기억보다 행복했던 기억이 더 많은 것에 대해 감사한다.

그러면서 나이가 들어 삼십 대 중반에 결혼을 하여 새로운 가족을 이루었다. 남편과 자식들을 두면서 아내와 엄마 역할을 하게 되었다. 아무런 준비도 없이 결혼하고 싶은 사람이 생겼다는 것만으로 새 가정을 만들었다. 남편과 함께하면 작은 천국 같은 가정을 만들 수 있을 것 같다는 확신 하나로 시작했다. 꽃길만 걸으리라는 기대를 가지고 시작했는지도 모르겠다.

이렇게 남편과 아내가 되고, 아빠와 엄마가 되어서 아이들과 함께 살아가는 가족이 되었다. 아이들을 낳아 키우면서 남편도 나도 얼마나 많은 시행착오를 했는지 모른다. 우리를 부모로 믿고 이 세상에 태어난 아이들에게 좋은 부모가 되어 주고 싶은 마음은 컸지만, 어떤 부모가 좋은 부모인가에 대해서는 잘 알지 못했다. 그래서 우리 부부는 끊임없이 아이들에 대해 이야기를 나누었다. 그러다 보니 서로에 대해서도 계속 이야기하면서 알아가고 이해해 가게 되었다.

엄마를 닮은 딸, 아빠를 닮은 아들이 우리 가족이다. 비슷한 면들이 있어서 함께 생활할 때 편안하고, 다른 점들이 있어서 더 끌리곤 했다. 특히 우리 가족들은 남편의 사랑과 지지를 많이 받았다. 남편과 아빠라는 자리의 힘을 권위적으로 사용하지 않고 우리들을 돌보고 키워주는 데 사용했다. 늘 가족들과 함께하는 데 최우선을 두었다. 가족들을 위해서 자기가 할 수 있는 것들을 항상 찾아서 해 주었다. 힘들다는 말 대신에 "재미난다"고 했다. 남편의 이 사랑 덕분에 나는 행복한 아내가 되어 행복한 엄마가 될 수 있었다. 부모교육에 대해서 공부해 본 적도 없는 사람이었지만, 아내를 행복하게 해 주면 아이들도 행복해 질 수 있다는 것을 이미 남편은 알고 있었던 것 같다.

결혼해서 내가 한 일은 남편과 함께 일하고, 아이들과 함께 공부한 게 거의 전부다. 남편의 지지 속에서 공부를 계속했고, 아이들도 학교 생활을 즐겁게 할 수 있었다. 이렇게 고마운 남편이 작년 봄에 하늘나라로 먼저 갔다.

무슨 일이든지 같이 얘기하고 늘 함께했던 남편이 지금 곁에 없다. 아이들도 늘 편안하게 말 걸어 주고 이야기를 잘 들어주고 사랑을 주었던 아빠가 옆에 없다. 지금 우리는 아빠가 없는 엄마와 아이들만 있는 가족이 되었다. 우리는 먼저 보낸 아빠에게 너무너무 미안하고 고마워 한다. 몸을 돌보지 못하고 가족들을 위해서 고생한 점이 너무 미안했다. 함께 살아 오는 동안 너무 많은 사랑을 우리에게 주어서 정말 고마웠다. 남편은 마지막까지 가족들에게 “미안합니다, 고맙습니다.”라는 말을 했다. 우리 가족들은 서로가 서로에게 이런 마음이었다.

혼자서 아이들을 키울거라는 걸 생각해 본 적이 없었다. 어떤 인생이든 생각대로 되는 인생이 있을까마는. 하지만 나는 엄마이고 오늘을 살고 있다. 우리 남편은 내게 지금까지 하던 대로 하면 된다고 말해 주고 갔다. 어떤 당부도 유언도 하지 않았다. 나는 이걸 ‘어떻게 받아들여야 할까?’하고 많이 생각했다. 남편은 왜 나에게 아이들을 어떻게 키우고, 앞으로 어떻게 살아가라고 한마디도 하지 않았을까? 하물며 아이들에게도 하지 않았다.

아마도 어떤 부담도 주지 않으려는 배려인 거 같다. 그러면서 지금까지 남편과 함께 아이들을 키워 온 것처럼 이제는 나 혼자서도 그렇게 키우면 된다고 믿어주는 마음일 수 있다는 생각이 들었다. 이인삼각으로 달리던 길을 이제는 혼자서 달려갈 수 있다고 나를 믿고 밀어 주는 것 같다. 아이들도 아빠는 없지만 엄마와 함께 계속 살아가면 된다는 것을 알게 되었다.

우리 가족들은 남편이자 아빠를 먼저 보내면서 더욱 서로를 소중하게 여기는 마음이 커지게 되었다. 가족과 함께하는 순간순간들이 얼마나 소중한지를 알게 되었다. 기쁜 일이 있을 때에 이런 일이 생기도록 그동안 사랑을 주고 간 아빠를 생각하며 더 기뻐했다. 힘들고 어려운 일이 생길 때는 "아빠가 있다면 뭐라고 말을 했을까?" 이런 질문을 던지면 우리는 대체로 같은 대답을 찾게 되었다.

작은 불편함이나 마음에 걸리는 것들 때문에 정말 중요한 것을 놓치지 말라고 할 걸. 마음먹은 걸 그대로 한 번 해보라고 할 거야 등. 지금도 남편은 우리 가족들의 마음안에서 우리와 함께 살아가고 있는 것 같다. 우리 가족들이 기억해 주니까. 남편의 그 사랑으로 남은 가족들이 오늘을 살아가고 있다. 서로가 서로를 보듬어주면서 살아간다.

"아, 생각만 해도 참 좋은 당신"

남편의 비문에 있는 글귀 그대로 우리는 남편을, 그리고 아빠를 생각만 해도 참 좋다. 우리 가족에게 천사처럼 왔다 간 고마운 사람이다.

차 례

제 1 장

당신은 떠났고 우리는 남았습니다

중 3 수학여행에서 돌아오고 있는 아들에게 전화를 했다. 집에 도착하는 대로 병원으로 오라고. 수업을 막 마친 고 3 딸에게도 수업 끝나는 대로 아빠한테 오라고 전화를 했다. 아이들이 아빠에게 왔을 때 연세 많으신 의사 선생님께서 오셨다. 아이들에게 사람의 청각은 마지막까지도 열려 있으니까 아빠의 귀에 대고 마지막 인사를 하라고 하셨다. "열심히 잘 살겠다고." "아빠 사랑한다고." 딸과 아들이 차례차례 아빠에게 마지막 인사를 했다. 신랑은 대답해 주지는 못했지만 분명 들었을 것이다.

지난 월요일에 의식이 점점 없어지고 있던 신랑의 귀에 대고 이런 당부를 했다. "영춘 씨, 며칠만 더 있다가 가. 정민이 중간고사 있고, 수민이 수학여행도 있잖아." 하지만 힘들어 하는 신랑을 보면서 다음날 다시 속삭였다. "너무 힘들면 기다리지 않아도 괜찮아."

금요일 저녁 아이들이 모두 다녀간 뒤 토요일 아침에 신랑은 하늘나라로 먼저 떠났다…….

우리 이쁜 신랑 영춘씨를 소개합니다

"저는 이쁜 신랑과 이쁜 딸, 아들을 두고 있습니다."

부모교육 강의를 들으러 간 첫시간 가족 소개에서 이렇게 말했다. '진짜 그런가?' 하는 눈빛이 의식되지만, 사실인 걸 어쩔 수 없다.

우리 가족들은 가끔 맥도생태공원에 자전거를 타러 갔다. 신랑은 매일 밤 경비 서는 일을 하고 아침에 퇴근해 왔다. 평일에는 가족들이 학교로 직장으로 다 나가서 집이 조용하여 잘 수 있지만, 토요일에는 아무래도 신경이 쓰인다. 온 식구가 있다 보면 조용히 하려고 해도 잘 안 될 때가 많았다. 그래서 도서관에도 가고 공원도 찾아다니곤 했다. 버스와 마을버스를 갈아 타면서 가다 보면 한 시간 이상이 걸린다. 좀 힘들기도 하지만 막상 공원에 도착하면 다 잊어버리게 된다. 낙동강 강물이 흘러 들어왔다가 나가면서 생긴 호수는 강가에 서 있는 것과는 다른 운치를 안겨준다. 축구장, 야구장,

농구대, 어린이 놀이터도 있다.

계절에 따라 벚꽃도 피고, 연꽃도 피고, 갈대도 있는 공원이다. 강둑에는 벚나무들이 양쪽으로 쭉 늘어서 있어서 벚꽃이 필 때는 벚꽃 터널이 된다. 그 아래를 자전거를 타고 지나가면 기분이 너무 좋아지고 몸도 가벼워진다. 자전거를 무료로 빌려줘서 더 좋은 곳이기도 하다. 바람에 벚꽃잎들이 떨어지는 모습은 꽃비라고밖에 표현할 수 없다. 꽃비 속에서 자전거를 신나게 타고 난 다음에는 집에서 가지고 간 인라인을 꺼내서 타기도 했다. 아이들이 타는 모습을 보면 시간이 어떻게 가는지도 모른다.

점심 때가 조금 지나자 신랑이 샌드위치를 만들어 가지고 왔다. 두어 시간 자고 일어나서 만들어 온 것이다. 우리가 온 것처럼 버스와 마을버스를 갈아 타고. 아빠가 온 것도 반갑지만, 먹을 것을 들고 온 것은 더욱 반가운 일이다. 아이들이 환호하면서 아빠를 반겼다. 투박하지만 집에 있는 것 중에서 몸에 좋은 것을 골라서 만들어온 사랑표 샌드위치이다. 신랑이 만들어 주는 것은 뭐든지 다 맛있다. 우리 아이들도 그렇게 생각한다. 맛있는 점심을 먹고 아빠랑 같이 산책을 좀 더 하다가 집으로 돌아왔다. 돌아오는 길에 잠도 못 자고 와서 힘들어서 어떡하냐고 물었다. 잘 만큼 잤다고 하면서 같이 놀고 싶어 온 거라고 말해 준다.

마흔 살과 서른다섯 살. 우리는 그 나이에 소개로 만났다. 해운대 바다가 보이는 호텔 커피숍에서 시간만 정하고 우리끼리 만나기로 했다. 약속 시간에 나가서 둘러보니 가운데쯤에 혼자 앉아 있는 남자 손님이 딱 한 명 있었다. 무조건 저 사람인가 보다 하면서 앞에 가자 상대방 쪽에서도 일어나서 인사를 했다. 인상이 참 선하게 생겼다고 느껴졌다.

그때부터 차도 마시고 장소를 옮겨 밥도 먹고 헤어졌는데, 참 특별한 만남이었다. 서로 이름도 물어 보지 않았고, 호구 조사도 안 했다. 소개해 준 분도 나를 잘 아는 분은 아니었기에 내 가족에 대해서도 전혀 알 수 없는 상태였다. 두어 시간 정도 얘기하는 동안 신랑은 자기 얘기만 했다. 그리고 나는 들어 주기만 했다. 상대방에 대해 나도 알고 싶었기에 열심히 들었다. 그러다가 헤어져서 집으로 왔다.

병원에 입원해 계신 아빠에게 전화가 왔다. 어땠냐고? 마음에 들더냐고? 우리 아빠는 첫째딸이 결혼 안 하고 살 줄 알고 아예 기대를 안 하고 계셨다. 선을 보러 갔다는 것만으로도 기쁘신 상태였다. "괜찮은 사람인 거 같다. 참 착하고 성실한 사람인 것 같다."고 했다. 아빠는 내 얘기만 듣고도 무조건 좋다고 하셨다.

그 다음날부터 매일 만나기 시작했다. 셋째 날은 아빠에게 인사하러 병원에 갔다. 나보다 먼저 도착한 신랑이 병실에 들어서자마자 큰절을 해서 아빠 · 엄마가 놀라셨다고 했다. 그러더니 자기는 많이 부족하지만, 아주 마음에 드는 데 좀 도와달라고 했다고 한다. 내가 병실에 들어갔을 때 이미 부모님은 얼굴에 미소가 가득하셨다. 첫째딸을 시집보낼 수 있다는 희망을 품게 되신 듯이 보였다.

만난 지 한 달 가량 되었을 때 아빠가 서울에 있는 병원에 간이식 검사를 받으러 가시게 되었다. B형 간염에 걸렸을 때 관리를 잘 못 하셔서 간경변으로 진행이 많이 된 상태였다. 혹 이식이 가능한지 검사하러 가시기 전날 가족들이 함께 모여 저녁 식사를 하였다. 아빠의 기분이 무척 좋아 보이셨다. 큰사윗감이 옆에 있어서 더 좋으셨던 것 같다.

이 날 모습이 마지막일 줄은 아무도 몰랐다. 엄마와 함께 올라가신 병원에서 검사 받으시던 중 갑자기 쇼크가 와서 돌아가셨다. 갑자기 연락을 받고 서울에 올라가 아빠를 모시고 내려와서 장례를 치르게 되었다. 세 딸 중 막내동생만 그 전해에 결혼해서 막내사위만 있는 상태였다. 우리 신랑이 고모부들과 고모들에게 정중히 부탁했다. 제가 아직 결혼은 하지 않았지만 허락해 주시면 맏사위 역할을 하고 싶다고. 상주가 되고 싶다고 했다. 맏사위가 하는 몫도 하겠다고. 얼마나 고마운 말인가. 그렇게 사흘 동안 신랑이 내 옆에 계속 있어 주었다. 잠도 잘 못 자고 잘 모르는 친척들과 손님들의 문상을

 받으면서 짜증 한 번 안 내고 상주 역할을 해 주었다. 가족들 모두가 너무 고마워서 비석에 아직 결혼은 안 했지만 맏사위로 이름을 새겼다.

그리고 한 달 가량 지난 뒤에 결혼식을 올렸다. 아빠 장례 때 함께해 준 친지분들이 너무 고마워서 결혼 축의금 받지 않고 결혼식을 하고 싶다고 말했는데, 흔쾌히 좋다고 했다. 우리는 일요일 저녁 뷔페식당에서 목사님과 가족들, 친지들을 모시고 맛있는 저녁 식사를 대접하면서 간단한 식을 올리고 부부가 되었다.

가족들을 향한 신랑의 행동을 볼 때마다 '내가 더 잘 해줘야지', '가족들을 위해 이렇게 애쓰는 사람이 또 있을까?' 이런 생각을 늘 하곤 했다. 초등학교 6학년 때 어머니께서 돌아가셨다고 한다. 신랑은 8남매의 막내로 그때 많이 삐졌다고 했다. 맨날 엄마를 졸졸 쫓아다녔는데, 그런 자기를 두고 갔다는데 화가 났었다고 한다. 그때부터 눈물을 흘리지 않았단다. 신랑이 너무 가엾게 느껴졌다. 나는 이 말을 듣고 결심했다.

'내가 자기 엄마가 되어 줄게. 하고 싶은 거 다 할 수 있게 해 줄게' 그러나 돌이켜 보니 정작 신랑이 그렇게 나에게 해줬다. 항상 내 편이 되어 주고, 내가 뭘 해야 할지 먼저 고민해서 나에게 가르쳐 주고. 자기 생각과 달라도 비난하지 않고 조용히 자기 생각을 얘기해 주고, 늘 가족들을 먼저 생각해 주는 사람이었다. 그러면서도 그 사랑이 너무 과하지 않도록 적절하게 표현하는 사람. 과한 배려는 상대방을 불편하게 할 수도 있다는 것까지 가르쳐 준 사람이다.

함께한 시간 속에서도 고마웠지만, 지나고 보니 더 고마운 사람이다. 처음 봤을 때부터 무조건 나를 사랑해 준 사람. 자기 몸 돌보기보다 아이들과 함께하는 시간을 더 소중하게 생각한 사람. 우리 가족들 모두에게 언제나 든든한 편이 되어준 아빠이고 신랑이다.

〈파더 앤 도터〉라는 영화에서 아내의 죽음으로 큰 충격을 받고 정신과 치료까지 받은 아빠가 나온다. 어린 딸과의 생계를 위해 다시 글을 쓰는 작가인 아빠다. 사랑하는 딸과 함께 살기 위해, 돈을 벌기 위해 무리해서 글을 쓰다 결국 죽고 만다. 딸과의 이야기를 쓴 유고작은 퓰리처상까지 받았다.

그러나 딸은 다른 사람을 제대로 사랑할 줄 모르는 사람으로 살아가게 된다. 심리학을 전공해서 위기 아이들과 상담을 하면서 아빠의 사랑을 깨닫게 된다. 사랑하는 사람이 떠날까봐 무서워 사랑을 하지 못했었다. 그러나 아빠의 사랑을, 죽을 힘을 다해 글을 썼던 그 사랑을 깨달았다. 포기하지 말라는 것, 물러서지 말라는 아빠의 당부를 다시 기억했다.

마지막 장면에서 정말로 사랑하게 된 사람에게 용기를 내어 찾아간다. 이전에 자신을 무너뜨리던 것을 이겨내고서.

신랑과 결혼하여 아이들을 낳아 기르면서 부모라면 어떻게 해야 하는지 배웠다. 아이들에게 자상하고 따뜻하면서 기준을 제시해 주는 아빠였다. 나는 거짓말을 한 아이에게 종아리를 때리면서 야단을 쳤었다. 너무 화가 나면 때리기도 했다. 그순간에 신랑은 나를 그냥 내버려두었었다. 나중에 아이에게 가서 보듬어주고, 나에게 와서 조용히 편안하게 한마디했다. 자기 친구 중에 어릴 때 부모님이 너무 엄하게 한 아이들은 커서 더 잘 안 되었다고. 이 말을 듣고 나는 나를 돌아봤다. 나도 그랬던 적이 있었다. 야단맞기 싫어서 더 거짓말을 했던 적이. 너무 엄한 부모가 되면 안 된다는 것을 깨달았다. 그 이후 아이들을 다시 때린 적은 없다. 무서운 부모가 아니라 온화하고 단호한 부모의 역할을 신랑에게 배웠다.

아이들을 훈육이라는 이름으로 야단을 칠 때 가끔 과한 경우도 있었다. 내가 나를 조절하지 못해서 소리를 칠 때 신랑은 나를 내버려두었다. 화난 내 마음을 이해하는 것처럼. 그러면서 아이들 앞에서 나를 비난하거나 힐책하지 않았다. 만약 내가 화를 내는 게 자기 마음에 안 든다고 나에게 화를 냈다면 나는 내 생각을 고치지 않았을 것이다. 화낼 때는 화내도록 그대로 두었다가 내가 좀 진정되고 나면 가까이 와서 자기의 생각을 얘기해 주었다. 그냥 말로 표현한 것이다. 이 때는 신랑의 말을 귀담다 들을 수 있을 만큼 진정된 상태라는 것을 알았던 것 같다.

신랑으로부터 부모로서 어떻게 아이들을 대해야 하는지 배워가면서 엄마 노릇을 해 왔다. 혼자였다면 도저히 할 수 없는 엄마 역할이었다. 신랑이 늘 하던 말 중 하나는 아이들을 잘 지켜 보라는 것이었다. 아이들이 요즈음 어떤 상태인지, 혹 걱정 거리는 없는지, 평소처럼 하고 다니는지, 표정은 어떤지, 관심있는 것은 뭔지 등을 잘 관찰해야 한다고 했다. 그러면서 아이들에게 편안하게 말 걸어 주고 얘기도 잘 들어 주라고 했었다.

저녁에 일하러 나갔다가 아침에 들어오는 아빠이다 보니 아이들을 오래 볼 수 없었다. 나에게 더욱 당부할 수밖에 없었다. 나는 신랑이 이런 이야기를 해주면 '맞다. 그래야겠구나'라고 생각하고 아이들을 더 유심히 관찰하곤 했다. 가끔 내 일이 바쁘다는 핑계로 너무 분주할 때는 너무 급하게 하지 말라고 얘기해 주었다. 그 말을 듣고 나서야 나는 나를 돌아보고 아차 할 때가 많았다.

부모가 자녀들과 오래오래 함께할 것으로 생각하지만,

누구도 장담할 수 없다. 엄마와 아빠가 함께 자녀들을 양육하는 동안 좋은 부모가 되어야 한다. 좋은 부모는 자녀들과 함께하는 시간을 좋아하는 부모라고 한다. 좋은 부모가 되려면 먼저 좋은 부부가 되어야 한다. 아내와 남편이 서로를 존중해 주고 사랑해 주면서 살아가는 게 우선이다.

부부의 사랑 안에서 자녀들을 키우는 것이다. 엄마의 부족한 면을 아빠가 사랑으로 가르쳐 주면 좋은 엄마가 될 수 있다. 아빠의 부족한 면도 엄마가 알려 주면 좋은 아빠가 될 수 있다.

부부가 함께하는 시간 동안 좋은 부부, 좋은 부모가 되도록 서로를 돌봐야 한다. 둘이 함께 있을 때 가장 잘 배울 수 있다. 나는 신랑으로부터 배운 부모 역할로 오늘도 부모로 산다.

그저 미안하다고만 합니다

"자, TV 보지 말고 엄마를 보자. 더 재미있다."

드라마를 보다 연기자들보다 더 많이 울고 있는 나를 놀리는 신랑의 말이다. 아이들이 "엄마, 울어? 드라마야?" 하면, "울려고 안 했는데 눈물이 자꾸 나와" 하면서 얼른 티슈로 눈물을 닦았다. 그렇게 슬픈 장면도 아닌데 우는 엄마를 보면서 신랑과 아이들은 웃기까지 했다. 나는 이렇게 눈물이 많다.

신랑은 반대이다. 초등학교 때 어머니께서 돌아가셨을 때 삐져서 눈물을 흘리기 싫었다고 한다. 왜 나를 두고 혼자 가버렸는지 너무 야속했다고 한다. 그때부터 눈물이 안 나오는 사람이 되었다고 했다. 같이 사는 동안 눈물 흘리는 모습을 볼 수 없었다. 슬퍼하는 마음을 보일 때는 있었지만, 눈물을 보인 적은 없었다.

또 한 가지 들어보지 못한 말이 있다. '미안하다'라는 말이다. 부부가 살아오면서 서로 잘못할 때가 있기 마련이다. 성격이 급하고 빨리빨리 하기를 좋아하는 나는 실수도 많이 한다. 그럴 때마다 바로바로 "미안해"를 한다. 사실 미안한 마음이 크니까 반사적으로 튀어나온다. 신랑은 차분하고 무슨 일을 하든지 먼저 생각부터 하면서 찬찬히 하는 사람이다. 실수가 적을 수밖에 없다. 미안하다고 할 일이 별로 없는 편이다. 어쩌다 실수를 해도 미안하다고 말하기에는 자존심이 상하는지 말하지 않았다.

딸이 5학년 때 독서골든벨대회에 나갔었다. 독립운동가 두 분에 관한 책을 뭐든지 읽고 가는 거였다. 책을 서너 권 빌려다가 딸은 읽고, 나는 예상 문제를 만들었다. 처음 해 보는 일이라 대충 만들 수밖에 없었다. 말로만 듣던 골든벨대회에 나간다는 것만으로도 우리 가족들은 재미가 있었다. 신랑은 문제를 읽어 주면서 연습을 시켰다. 그러다 책을 더 보는 게 좋을 것 같아 끝에 가서는 책을 더 읽도록 하였다. 뭐든지 그렇듯이 마음먹은 만큼 열심히 하기는 쉽지 않았다.

참가하는 데 의의가 있다 하면서 대회장에 갔다. 들어서는 입구에 상품이 적혀 있는 것을 본 신랑이 나에게 살짝 핀잔을 주었다. "이렇게 큰 대회인데 준비를 좀 더 해 오지."라고 말했다. 1등은 노트북과 학교 발전기금 백만 원이라고 쓰여 있었다. 나도 이렇게 큰 대회인 줄은 몰랐다고 했다. 나한테 책임을 떠넘기는 투였다.

부산 시내 많은 학교에서 많은 아이들과 학부모들이 왔다. 어떤 학교는 학교에서 팀을 짜서 연습을 많이 하고 온 것 같기도 했다. 선생님들과 같이 온 학교도 많았다. 우리는 집에서 그냥 책 읽고 우리끼리 문제 좀 풀다가 왔는데. 아이들은 방송에서 보던 것처럼 화이트 보드를 하나씩 들고 강당에 앉아서 문제를 풀기 시작했다. 방송국 여자 아나운서가 문제를 내고 남자 아나운서가 다니면서 인터뷰도 하고. ○ × 문제, 주관식 문제 등을 풀 때마다 아이들이 들썩들썩했다. 보고 있는 것만으로도 너무너무 떨렸다. 딸은 얼마나 더 떨릴까, 괜히 나온 거는 아닌가 등 여러 가지 생각들이 스쳐갔다. 아이들 숫자가 점점 줄어들었다.

설마 설마했는데 마지막으로 세 명이 남았다. 신랑은 이때 '잘 하면 우리 딸이 1등 할 수 있겠는데'라는 생각이 들었다고 했다. 나는 그런 생각은 전혀 하지도 못하고 틀리면 어쩌나 하고만 있었다. 마지막 문제를 푸는데 두 명은 같은 학교 아이들이라 같은 답을 적었고, 우리 딸은 다른 답을 적었다. 여기서 결판이 났다. 생각도 못했던 1등을 한 것이다. 막상 1등을 하자 신랑이 나에게 미안해 하는 눈빛을 보내 왔다. 말하지 않았지만, 눈빛으로 표현하는 사과를 나는 받았다. 함께 기뻐하는 것으로.

독서골든벨대회에 가서 준비를 더 많이 못했느냐는 말을 들었을 때 사실 속상했다. 퇴근하고 와서 저녁에 책 읽으면서 문제 만들고 하는 게 쉬운 일이 아니다. 나름대로 힘들어도 할 수 있는 데까지 하려고 했다. 수고한 걸 몰라주는 것 같아서 순간 서운하기도 했다. 뜻밖에 좋은 결과를 얻자 미안하다고 보내오는 눈빛 사과도 나름대로 사과라고 생각하고 나는 받았다. 아까는 순간적으로 튀어나온 말이었지만 지금은 미안하다는 거구나. 감정은 꼭 말이 아니어도 눈짓 몸짓으로도 전할 수 있는 것 같다.

이렇게 살아온 신랑이 몸이 많이 나빠지기 시작하면서 변했다. 가만히 앉아 있으면서 소리없이 눈물을 흘렸다. 왜 우느냐고 물으니까 "내가 우는 것은 김수려한테 미안해서 우는 거야." 그러면서 계속 눈물을 흘렸다. "영춘 씨가 왜 미안해. 내가 미안하지. 너무 고생하게 해서 내가 미안해"하면서 우리는 서로를 안고 더 울었다.

평소에 안 하던 행동을 하는 신랑을 보면서 덜컥 겁이 났다. 이 사람이 정말 우리 곁을 떠나려고 하는 건가. 이럴 때마다 지금 옆에 함께 있는 것을 감사하자면서 마음을 잡았다. “영춘 씨, 사랑해 고마워. 내가 더 미안해” 이 말들밖에 할 말이 없었다. 나한테 서운한 것도 있고 원망스러운 것도 있었을 텐데, 다른 말은 별로 하지 않았다. 혹시 나에게 당부하고 싶은 말이 있냐고 물었다. 없다고 했다. 아이들을 어떻게 키우라든가 그런 말을 해 줘야 하지 않냐고 해도 없다고 했다. 지금까지도 잘 키워왔는데 더 이상 무슨 말을 하느냐고 하면서.

영춘 씨가 나에게 미안해 하면서 울 때 나는 정말 더 미안했다. 우리 신랑을 너무 고생시켰구나. 이 사람은 온몸으로 우리 가족들을 지켜 주려고 수고를 했구나. 나에게 원망을 할 수도 있었을 텐데. 매일 하는 밤 근무가 힘들어서 다른 거 뭐 할 거 없냐고 해도 찾는 둥 마는 둥 했다. 막상 다른 장사를 하려고 해도 형편이 안 되니 서로 말만 하다가 말았다. 나는 이게 너무 미안했다. 신랑이 하고 싶어 하는 것 모두 해주고 싶었는데. 본인이 하고 싶다고 말만 하면 다 하라고 했는데. 정작 가장 힘든 일은 들어 주지 못했다.

그당시 신랑이 가장 많이 했던 말은 “미안합니다. 고맙습니다.”였다. 모든 게 고맙고 모두에게 미안하다고 했다. 아이들에게도 이렇게 말했다. 아이들은 “아니에요. 아빠 사랑해요.”라고 답해 주었다. 이런 말들을 주고받을 때 우리는 또 울었다.

몸이 갑자기 심하게 굳어지고 점점 말도 많이 할 수 없게 되었다. 가족들과 가까운 친지, 목사님에게 전화를 드렸다. "신랑이 매우 아픕니다. 조금이라도 말하고 알아볼 수 있을 때 보러 오십시오."라고. 토요일 아침이어서 많이들 와 주었다. 침대에 누워서 제일 먼저 오신 목사님의 영접 기도를 받으면서 우리는 울었다. 예수님을 구세주로 받아들이느냐는 질문에 "네"라고 대답하는 신랑의 목소리를 들었다.

결혼하기로 결심하면서 가졌던 평생의 기도가 이루어졌다. 동생 같고 친구 같은 교회 동생이 남편과 함께 와 주었다. 남편이 영춘 씨를 보고 싶어 했다고 하면서. 처제들과 동서들, 누님들과 매형들, 우리 고모부들과 고모들. 영춘 씨는 계속 "미안합니다. 고맙습니다."하면서 울었다. 이 땅에서 마지막으로 서로 인사를 나누는 것이었다. 자기 처지를 한탄하거나 원망할 수도 있었을 텐데, 그런 말 한마디도 한 적이 없다. 그래서 나는 더 미안하다.

영춘 씨가 마지막까지 했던 "미안합니다. 고맙습니다."라는 말이 영춘 씨의 마음이었을 것이다. 먼저 가서 미안하고, 그동안 고마웠다고…. 남은 가족들의 마음도 같다. 먼저 보내서 미안하고, 살면서 고마웠다고…. 이 말들 때문이었는지 모르겠지만 영춘 씨를 향한 원망이 들지 않았다. 아이들도 아빠를 생각하면 너무 안타깝다고 하지 아빠를 원망하지는 않는다.

이민규 교수의 ≪표현해야 사랑이다≫에서 갈등 해결을 위한 최고의 해결책은 "미안해"라고 하면서 인용된 내용이다. 2014년 미국 마이애미, 미네소타, UCLA 대학 합동 연구팀이 성인 337명을 대상으로 가해자가 피해자에게 실험을 했다. 미안하다는 말 한마디로 피해자들은 가해자에 대한 불만이 현저하게 줄고 용서하는 마음을 가졌으며, 사과한 가해자들은 같은 잘못을 다시 저지를 가능성이 현저히 줄었다.

사람은 자기를 싫어하는 사람을 싫어하고, 자기를 좋아하는 사람을 좋아하는데, 이를 심리학에서는 '상호성의 원리'라고 한다. 상호성의 원리(Reciprocity Principle)란 상대에게 받은 대로 돌려주려는 인간의 심리를 설명하는 원리이다. 상호성의 원리는 긍정적인 일뿐 아니라 부정적인 일에서도 똑같이 작동한다. 뿌린 대로 거둔다는 성경 구절이나, 불교의 인과응보(因果應報)와 사필귀정(事必歸正)도 상호성의 원리로 설명할 수 있다.

영춘 씨가 가족들에게 남기고 간 "미안합니다. 고맙습니다."라는 말은 이런 상호성의 원리가 작동된 것 같다. 가족들 마음에도 영춘 씨에 대해 미안하고 고마운 마음을 가지게 하였다.

얼마 전 수업 시간에 항상 내 편인 사람에게 문자를 보내라고 했었다. 학생들이 내 편이 되어줘서 고맙다고 사랑한다고 문자들을 보냈다. 대부분 가족에게 보냈다. 먼저 온 답장에 우리는 빵 터졌다. "왜 무슨 일 있나?", "잘못 보냈다."

평소에 자주 듣던 말이 아니라 가족들이 놀랐다고 한다. 사랑한다는 말, 고맙다는 말을 표현하지 않아서. 우선 오늘이 이 세상에서의 마지막 날인 것처럼 사랑하는 마음을 전하는 연습을 하자고 당부했다. 사랑에는 감정만 있는 것이 아니라 이성도 포함되어 있다고 한다. 사랑을 계속 키워 나가려는 의지가 필요하다는 것이다. 가족에게 사랑하는 마음, 고마운 마음을 전해서 사랑을 키워 나가자. 그러다 잘못하거나 상처주는 일이 생길 때는 얼른 사과하자. 미안하다고. 이 말이 가족들을 다시금 사랑으로 묶어주는 말인 거 같다.

이 글을 쓰면서 아이들에게 톡을 보냈다. 오늘 하루도 공부하느라 수고했기에 '오늘도 수고했어요.', '사랑해요' 이모티콘을 보냈다. 바로 딸에게 전화가 왔다. "오늘 결혼기념일이지 축하해요." 나도 잊은 결혼기념일을 딸이 알려줬다. 오늘이 영춘 씨와 내가 결혼한 날이었구나...

아내와 함께한 나의 장례식 준비

나는 오늘 아내에게 영정사진을 다시 찍자고 말했다. 영정사진 말만 꺼내도 다음에 찍자고 아내는 고개를 흔들었다. 잠시 후 이번에는 정말 찍고 싶으냐고 나에게 묻는다. 아내도 더 미룰 수 없다고 생각을 한 거 같다.

2018년 1월 1일 아내와 둘이서 크리스마스트리도 볼 겸 광복동에 갔다. 아내의 손을 꼭 잡고 많은 사람들과 함께 우리도 구경을 했다. 그러고 보니 해마다 보러 나온 것 같다. 어느 해는 가족이 다 함께 왔었고, 작년에는 아내가 바빠서 아이들 하고 왔었다. 광복동 차도 양쪽에는 트리에 사슴 · 썰매 등을 달아 놓고 나무마다 색깔 전등으로 감아 놓았다. 공중에는 갖가지 눈 입자 모양의 전구들이 반짝이고 있었다. 중앙의 대형 트리 앞에서 많은 사람들이 사진을 찍었다. 거리에 쪼그리고 앉아 초상화를 그려 주는 화가들이 나와 있었다. 예전부터 가족사진을 그림으로 남기고 싶었는데 기회가 잘 안 되었다. 오늘은 초상화를 그리자고 했다. 두 사람을 같이 그리면 가격이 더 비쌌다. 할 수 없이 나 혼자만 그리기로 했다. 생각보다 그리는 데 시간이 오래 걸렸다. 시간이 지날수록 날이 추워져서 앉아 있기 좀 힘들었지만 참아야 했다. 아내는 옆에서 계속 나에게 말도 걸어주고 이쁘다고 자꾸 그런다. 참 이상한 사람이다. 내가 뭐가 이쁘다고 하는지 모르겠다. 그림이 완성되고 액자에 넣어서 가지고 왔다. 하지만 왠지 나 같지 않다. 조금 비슷하게 그렸지만, 마음에 안 든다.

벌써 걷기가 힘들어졌다. 동네 병원 옆에 오래된 사진관이 있다. 영정사진이라고 써 놓은 걸 본 적이 있어서 우리는 그 사진관으로 정했다. 옷은 양복 윗도리만 입어도 될 거 같아서 들고 가기로 했다. 마침 조카 결혼식 때 사서 한 번 입었던 양복이 있어서 다행이다. 최근 옷이라 괜찮을 거 같다. 아내는 한 손으로 나를 부축하고 다른 손에는 양복을 들고 사진관으로 갔다. 작은 사진관이었다. 사진사는 꽤 연세가 드신 아저씨였다. 별말씀 없이 천천히 안내해 주셨다. 양복 윗도리를 입고 카메라 앞에 앉았다. 사진을 찍는 동안 아내는 카메라 앞에서 나를 웃게 만들려고 계속 애를 쓴다. 또 우리 신랑 이쁘다 한다. 그 말에 나는 또 웃었다. 여러 장을 찍었다. 사진 찍는 일은 언제나 어색할 뿐이다. 다 찍은 후 아저씨가 머리숱 등은 수정해서 현상해 주겠다고 하셨다. 머리를 여러번 밀었더니 숱이 별로 남아 있지 않았다.

아내에게 장례식장을 알아보라고 했다. 벌써 알아봐야 하냐고 묻는다. 그래도 내일이 될지 한 달 뒤가 될지 모르니까 미리 알아보는 게 좋겠다고 했다. 우리가 아는 곳은 시민장례식장과 구민장례식장이다. 처음에는 시민장례식장으로 정했다. 타지에서 오는 사람도 찾기 좋고 주차하기도 좋을 것 같아서였다. 그런데 누님들한테 아내가 얘기를 해 보니 집 가까운 데가 더 좋지 않겠냐고 했다고 한다. 사실 아내는 집 근처 구민장례식장은 나중에 지나다닐 때 너무 슬플 것 같아서 싫다고 했다. 하지만 우리 아이들을 생각해서라도 오히려 집 가까운 곳이 나을 것 같다. 구민장례식장으로 정했다.

우리 아버지는 화장해서 강에 뿌려드렸다. 나도 마음 같아서는 그렇게 하고 싶었다. 아내에게 말을 꺼냈더니 화장은 찬성하되 뿌리는 건 싫다고 한다. 가 볼 수가 없어서 그렇다고. 아이들이 크는 동안 그래도 아빠를 찾아갈 수 있는 데가 있었으면 좋겠다고 한다. 그 말을 듣고 보니 이해가 된다. 나도 장인어른은 산소가 있어서 찾아갈 수 있었지만, 우리 부모님은 그렇지 않았다. 아내의 의견에 따르기로 했다.

봉안당은 아내가 전화로 여러 곳을 알아보았다. 수목장도 알아보고, TV에 나오는 납골함 보이고 사진 보이는 사설 봉안당은 비용이 엄청났다. 시에서 운영하는 봉안당은 캐비닛처럼 되어 있어서 사진이 없다고 했다. 다 마음에 안 들었다. 그러던 중 장인어른이 계신 공원묘지에 납골함 평장이 있었던 게 생각이 났다. 그곳에 알아보라고 부탁했다. 화장해서 나무로 된 함에 넣어 오면 땅속에 묻고 그 위는 대리석을 얹는 평장이라 마음에 들었다. 사기로 된 판 위에 사진을 넣을 수 있어서 얼굴을 볼 수 있다. 이걸로 아내와 합의를 봤다.

집에 있는 동안 여기까지 준비했다. 저녁에 아이들이 학교 갔다 온 후에 오늘 아빠랑 엄마가 알아보고 정한 것을 이야기해 주었다. 정말 심각한 이야기는 심각하지 않게 하는 게 좋다고 생각해서 그냥 이렇게 준비하고 있다고 얘기했다. 아이들도 내가 미리 준비하는 거겠지 하고 생각하는 것 같았다. 며칠 뒤 나는 말을 하기가 힘들었고, 결국 요양병원에 입원했다. 병실에 누워 있는 동안 아내가 아들을 데리고 공원묘지에 가서 큰고모부과 고모의 도움을 받아 자리를 보고 계약을 하고 왔다. 내가 갈 자리를 사진을 찍어 가지고 와서 보여 준다. 장인어른 산소로 올라 가다 보면 왼쪽으로 평장한 묘들이 많이 있는 그곳이었다. 햇볕도 잘 들고 앞에는 산과 저수지도 보이는 좋은 위치라고 소장님이 말했다고 한다.

아내와 함께 내 장례를 준비하면서 눈물이 계속 난다. 나를 보내는 것도 힘들 텐데, 준비까지 안 되어 있으면 아이들과 함께 얼마나 힘이 들겠는가.

처음 말기 암 진단을 받았을 때 아들이 너무 어려 조금이라도 더 살아야 겠다고 생각했었다. 나도 어머니가 초등학교 6학년 때 돌아가셨는데, 아들이 초등학교 6학년이다. 아내에게 "나는 어느 만큼 살았으니까 괜찮아. 근데 아들이 너무 어려. 석 달 더 사는 것과 3년 더 사는 것은 차원이 다를 거 같다."라고 했다. 아들이 고등학교 갈 때까지라도 내가 더 살아야 할 것 같았다. 딸이 대학교 갈 때도 그때이고.

아이들과 함께 있을 때 아내가 물었다.

"영춘 씨, 우리가 앞으로 어떻게 하면 좋을까?"

"그냥 각자 자기 맡은 일 열심히 했으면 좋겠다. 아빠도 치료 열심히 받을게"

아이들도 아내도 알았다고 했다. 그 후 우리 가족들은 각자 자기가 할 수 있는 일을 해 왔다. 아내가 나와 같이 병원 생활 하느라 집을 떠나 있는 동안에도 아이들은 할머니와 함께 새로운 학교에 진학해서 잘 지내 주었다.

큰처제는 작은조카가 걱정이 되어 일요일마다 와서 아들과 친구들에게 논술을 가르쳐 주었다. 큰처제와 동서는 언제나 든든하고 고맙다. 작은처제는 우리가 병원에 가 있는 동안 집에 와서 집안을 정리해 주고 갔다. 멀리서도 늘 마음 써 줘서 고마울 뿐이다. 장모님은 결혼 초부터 우리 부부와 함께 사시면서 고생을 많이 하셨다. 맞벌이 부부로 계속 일을 하는 우리를 대신해서 집안 살림을 맡아 해 주셨다. 아이들도 돌봐 주셨다. 아이들이 좀 크고 난 뒤 장모님은 형제분들이 사시는 포항에 가셨다. 한 5년 그렇게 사셨는데 내가 아프면서 다시 집으로 오셨다. 장모님께는 늘 죄송한 마음뿐이다.

아버지는 나에게 말씀을 많이 안 하셨다. 공부하라는 말씀도 안 하시고, 야단을 치신 적도 없었다. 형편이 좀 어려웠지만, 중 · 고등학교 등록금은 꼭 제때 내 주셨다. 아버지와 살갑게 이야기를 나눈 기억은 별로 없다.

나는 우리 아이들을 정말 좋아한다. 그래서 좋은 아버지가 되려고 노력했다. 아이들과 함께 시간을 보내는 것이 큰 기쁨이었다. 아이들이 나를 좋아해 준 것이 참 고맙다. 아이들이 크면 나를 싫어할 수도 있지 않을까 생각했는데 말이다. 감정이 전이된다고 하는 데 정말 그런가 보다. 나는 공부도 많이 못 했고, 돈도 잘 벌어오는 아빠가 아니였다. 거기다가 이제는 아프기까지 한데. 아이들을 좋아하는 내 마음이 그대로 전해져서 아픈 아빠도 아이들이 좋아해 줬다. 아프기 전처럼 같이 이야기하고 수시로 안아 주고 뽀뽀도 해 주고 한다. 나를 환자로 대하거나 원망하는 마음이 있었으면 이렇게 못했을 것이다.

〈모리와 함께한 화요일〉에서 모리 교수의 살아 있는 장례식이 나온다. 죽고 난 다음에 죽은 사람에 대해서 아무리 좋은 말들을 해도 그 사람은 들을 수 없다는 거다. 죽음을 미리 준비하면 사는 것이 달라진다고 하였다. 신랑과 살아 있는 장례식에 대해서 특별히 이야기를 나누었던 기억은 나지 않는다. 나 혼자 감당할 수 없다는 걸 아는 신랑이 나에게 장례를 준비하게 했다.

결혼해서 많은 일을 서로 의논해서 결정해 왔다. 같이 이야기하다 보면 새로운 방법이 떠오르기도 했다. 이런 경험들이 쌓여 왔기에 장례 준비도 마찬가지였다. "한번 알아봐라."하면 나는 알아보고 와서 서로 의논을 했다. 그중 서로가 가장 만족스러워 하는 것으로 정했다. 의식을 놓기 전에 하는 살아 있는 장례식으로 가족과 친지들을 부르자고 할 때도 신랑에게 물어보았다. 불러도 되겠냐고. 신랑이 좋다고 해서 진행을 했다.

"처남 고마워. 처남 덕분에 우리가 잘 살았어. 잊지 않을게"

"형부 고마워요. 형부 덕분에 행복했어요."

"조 서방 고맙다. 잘 견뎌줘서 고맙다."

모두 고마웠다고, 감사하다고 했다. 신랑은 "미안합니다. 고맙습니다."했다. 영춘씨랑 이렇게 빨리 헤어질 줄 알았었다면 조금 더 일찍 만났으면 얼마나 좋았을까. 딱 10년만 더 일찍 만나서 같이 살 수 있었으면…

우리 신랑은 아프지 않았으면 계속 일을 했을 것이다. 암 진단을 받고서야 일을 그만둘 수 있었다. 척추로 전이가 많이 되어 허리가 몹시 아프고 걷기도 힘들어 했었다. 그러다가 나중에는 아픈 것을 기본으로 여겨 버려서 더 잘 걷는 시기도 있었다. 우리 가족은 신랑이 아프고 난 뒤 나들이를 더 많이 했고, 여행도 몇 번 더 갔다 왔다. 죽음이 우리 가족들 가까이 와 있다는 것을 알았기에 하루하루가 더 소중했다. 매일 아침 얼굴을 볼 수 있다는 것만으로도 감사했다. 어느 날 얼굴을 볼 수 없는 날이 올 수도 있으니까.

"내일과 다음 생 중에 어느 것이 먼저 올지 모른다."라는 티베트의 속담이 있다. 내일이 먼저 올지 죽음이 먼저 올지 모르는 것이다. 가족들에게 하고 싶은 말은 오늘 하자. 순간순간 우리의 마음을 말하자. 기숙사에 가 있는 아이들과 통화를 하면 끝나는 말은 "사랑해"이다. "나도요 사랑해요." 언제나 들어도 고맙고 감사할 뿐이다.

돌아누워 숨죽여 울었습니다

결혼해서 제일 좋은 점이 뭐냐고 신랑에게 물었다. ‘음’하더라 바로 나온 말이 “얘기할 사람이 생겨서 좋다.”였다.

결혼 전에는 아침 일찍부터 제과점에 나가서 온종일 일하고 저녁에 집에 들어와 아버지께 인사만 하고 방에 들어갔다고 한다. 말을 많이 하는 편이 아니여서 밤이 되면 자고 아침이 되면 일어나 출근하곤 했단다.

이런 남자가 생각하기보다는 말하기와 듣기를 더 좋아하는 여자를 만났다. 어떤 사람을 만나도 늘 대화의 주도권을 쥐는 것이 자연스러운 여자였다.

처음 만난 날 여자는 자기 이름도 얘기 못했다. 남자가 이름을 물어보지 않았다. 대신 자기 이야기만 했다. 큰 소리를 내지도 않으면서 차분하게 편안하게 얘기를 계속했다. 여자는 열심히 들었다. 원래 다른 사람의 이야기를 잘 듣는 편이었기에 어렵지 않았다. 그 다음날도 만났다. 남자는 또 자기 이야기를 한다. 묘하게 이야기를 잘하는 남자였다. 듣고 있으면 재미있고 기분도 좋아지고 자꾸 끌리는 뭔가가 있는 남자다. 말수가 적다고 했던 남자는 이 여자 앞에서 말을 많이 하고, 말이 많았던 여자는 이 남자 앞에서 말수가 영 줄어들었다. 그런데 편하다. 이상하다.

결혼 후 다시 물었다. "나에 대해 이름 말고는 아무것도 모르면서 결혼하자는 말을 왜 하게 되었냐?"고. 바로 대답이 돌아왔다. 처음 만났을 때 자기 이야기를 잘 들어줘서 결심했다고. 혹시 결혼하고 싶은 의사가 있는데 아직 싱글이신 분은 저처럼 해 보기 바란다. 그냥 처음부터 끝까지 들어주고 오는 것이다. 다만 마음을 다해서 들어주는 것이 중요하다.

강의가 있는 날 마치고 집에 들어오면 침대에 앉아 있던 신랑이 빙긋 웃으면서 묻는다.

"오늘 어땠어?"

"오늘은 동그라미 아니고 세모."

"세모도 잘한 거야."

"그렇지, 엑스 아닌게 어디야."

신랑을 안으면서 이렇게 말하고 나니 입가에 미소가 다시 번진다.

"영춘 씨는 오늘 뭐 했어?"

"태종대 갔다 왔지!"

"힘들지 않았어? 요즘은 한 바퀴 도는 데 얼마나 걸려?"

"음, 숨이 차서 빨리 못 걸어서 한 시간 반 정도 걸렸을 거야."

"와, 나보다도 빨리 걷네. 난 두 시간 넘잖아. 아픈 사람 아닌 거 같은데?"

태종대에서 자주 뵀던 어르신 한 분이 요즘은 통 안 보인다고 한다. 그분도 몸이 좀 안 좋으셨다는데….

강의 마치고 집에 들어왔다. 도서관에서 부모교육 특강을 10회 차로 진행 중이다. 오늘은 6회 차를 진행했다. 참가한 어머니들과 이제는 자녀들 이야기를 스스럼없이 할 수 있게 되었다. 마칠 때 한 사람씩 앞으로 나와서 자녀에게 엄마의 마음을 전하는 말을 한마디씩 하게 했다. 몇몇 어머니들은 손이 떨리고 목소리도 떨렸다. 아이 이야기만 꺼내면 왜 이리 미안한 마음이 올라오는지 참 신기하다. 오늘 있었던 일을 물어보는 신랑이 옆에 없다. '잘했네'하고 응원해 줬을 텐데. 그나마 다행이다. 글로라도 쓰고 나니 뿌듯함이 올라오는 것 같기도 하다.

퇴근길 지는 해를 보면서 광안대교를 건너오다 보면 갑자기 신랑이 보고 싶어 눈물이 흐른다.

"영춘 씨, 보고 싶어."

한 손으로 핸들을 붙잡고 다른 손으로 안경 밑으로 흐르는 눈물을 닦는다. 소리 내어 마음껏 울고 싶은데 운전을 해야 하니 너무 울 수도 없다. '그만 울자. 울지 말자'해도 눈물이 그냥 흐른다.

차를 주차하고 계단을 걸어 올라가는데 '이렇게 살아서 뭐하지. 꼭 살아야 하나. 영춘 씨한테 가면 안 될까' 자살하는 사람들이 이래서 하는 거구나. 어 살고 싶지 않아서. 또 눈물이 흐른다. 나마저 없으면 우리 애들은 어떡하지. 아빠도 없는데 엄마까지 없으면 우리 애들이 너무 불쌍한데. 애들이 얼마나 슬프겠어. 자 눈물 그치고 집에 들어가자. 눈물 닦고 콧물 훔치고 현관문을 열었다. "다녀왔습니다." 아무도 모를 거야 내가 울다가 온 것을….

친정아버지가 돌아가시고 난 뒤 보고 싶을 때 얼굴을 볼 수 없는 것이 얼마나 슬픈지 알았다. 신랑이 옆에 있을 때에는 슬프다가도 금방 잊기도 했었는데. 신랑은 보고 싶을 뿐만 아니라 목소리가 듣고 싶다. 나에게 말을 걸어 주던 목소리가 듣고 싶다. 꿈을 꾸고 싶을 만큼.

어떤 날 꿈처럼 꿈을 꾸었다. 신랑한테 "영춘 씨가 옆에 없으니까 사람들이 나를 무시해"라고 했다. "엉~" 빙긋이 웃으면서 한마디했다. 장난칠 때 신랑이 자주 했던 표현이다.

"아니, 사람들이 나를 무시한다고!" 소리를 더 높여서 말했다. "엉~" "그러니까 영춘 씨 없어서 사람들이 나를 무시한다고!" 그래도 "엉~"이다. 시작부터 끝까지 편안하게 웃으면서 장난을 치는 것 같았다. 신랑한테 하소연하다가 웃고 잠이 깨 버렸다.

예전에는 우울한 게 어떤 것인지 사실 잘 몰랐다. 다혈질이어서 늘 재미있게 살려고 했다. 생각이 없는 것처럼 보일 때도 있었다. 단순하다는 이야기도 많이 들었다. 보이는 게 전부인 사람이었다. 모든 사람이 다 좋은 사람들이고 나를 도와주는 사람들이라고 생각했다. 그러나 신랑을 보낸 뒤로는 언제든지 슬플 수 있게 되었다. 신랑 사진을 보면서 "영춘 씨 나 왔어."하고 기분 좋게 인사를 했다가도 몇 마디 더 하다 보면 눈물이 흐른다. 영춘 씨가 함께 있다는 게 슬픔도 함께 있다는 것이다. 행복한 시간이 많았는데도 지금 옆에 없는 슬픔이 행복을 삼키는 것 같다. 늘 옆에서 말을 걸어 주던 사람이 없다는 게 가장 힘들다. 언제나 나를 지지해 주던 동지가 없어진 것 같다.

내가 남편이라는 말을 쓰지 않는 데에는 이유가 있다. 왠지 남편이라고 하면 남의 편인 것 같기 때문이다. 그래서 강의를 할 때 남편이라고 부르지 말고 내 편이라고 부르라고 한다. 나는 신랑이라는 표현을 쓰지만.

영춘 씨가 가고 난 다음에는 낮과 밤이 다른 사람이 된 날이 많았다. 낮에는 일하다 보니 그냥 별일 없는 사람처럼 지낼 수 있었다. 밤이 되면 아이들과 한 방에서 자면서 돌아누워 소리 죽여 우는 날들이 많았다. 그리움이 슬픔이 되고 슬픔이 눈물이 되어 흐르는데 소리는 낼 수 없고. 우는 내 모습을 보면 우리 아이들은 얼마나 더 슬플까 싶어서. 아침에 일어나면 제일 먼저 머리맡에 있는 휴지들부터 치웠다.

어느 날은 아이들이 아는 날도 있었다. 아이들과 갈등이 있는 날 신랑이 없어서 같이 얘기할 수 없다는 게 슬퍼 아이들이 자기 전에 먼저 돌아누워 숨죽여 울었다. 아들이 울고 있는 나를 보고 옆에 와서 팔을 쓸어주었다. 말없이. 우는 게 정말 미안한데 눈물이 멈추지 않는다. 이렇게 울다가 자고 아침에 일어나면 슬픔이 끝나지 않는 날도 있었다. 그날 아침 방안 공기도 슬픔이었다.

"언니는 형부가 이렇게 갈 줄 알았어도 결혼했겠지!" 〈지금 만나러 갑니다〉라는 영화를 보고 나오면서 동생이 물었다. 물음표도 아닌 확신에 찬 느낌표로 물었다. "어 그렇지" 하고 얼떨결에 답해 놓고 생각해 봤다.

영화에서 여자 주인공은 교통사고로 의식불명인 동안 자

기의 미래를 봤다. 결혼 후 남편과 아들을 두고 32살에 죽고 마는 자신을. 깨어나서 그 사람에게로 가야 하나 고민을 하지만 남편과 아들을 선택해서 "지금 만나러 갑니다."하며 미래의 남편을 만나러 갔다. 신랑과 결혼 생활을 18년 할 거라고 누가 가르쳐 주었다면, 또 알고 있었다면, 나는 어떤 선택을 했을까? 상상이 잘 안 된다. 있을 수 없는 일이니까. 한 가지 분명한 것은 나에 대해 이름만 알고 아무것도 모르면서 두 번째 만나서 결혼하자고 하는 이 남자를 나는 거절할 수 없다. 다시 기회가 와도 똑같을 거 같다.

그러나 나는 영화를 보면서 이런 고민을 안 했다. 엄마가 죽고 난 뒤 1년 뒤 비 오는 날 다시 가족에게 돌아와서 함께 살 수 있었다는 게 너무 부러웠다. 장마가 끝나면 다시 가족들과 헤어져야 한다는 것을 알고 남편과 아들에게 달걀 후라이 하는 법 등을 가르쳐 주는 엄마의 모습이 가슴 아팠다. 영춘 씨도 늘 신랑이 이끌어주는 대로 따라 하던 아내를 두고 가려니 얼마나 마음이 아팠을까. 아빠를 너무 좋아하는 딸과 아들을 두고 가야 하니 얼마나 힘들었을까. "미안합니다. 고맙습니다." 계속 말하던 영춘 씨의 마음은 얼마나 안타까웠을까. 우리한테도 한 번만 신랑이 왔다 가 주면 얼마나 좋을까 하면서 부러워서 눈물을 훔쳤다.

어린 자녀를 잃고 너무 깊은 슬픔에 빠진 사람들을 상담

할 때 상담자로서도 할 말이 없을 때가 많다고 한다. 그것도 부모의 부주의가 원인이 되는 경우는 더욱 그렇다고 한다. 무슨 말로도 위로가 되지 않는다고 한다. 그럴 때 할 수 있는 유일한 위로가 "여기까지가 아이의 운명이었나 보네요."라고 하신 선배 상담사님의 이야기가 생각이 난다.

가족이란 이렇게 운명으로 만나 이 세상을 살다 가는 사람들이다. 결혼하고 자녀가 태어나고 부모가 되어 함께 가족이라는 이름으로 살아간다. 기쁨도 주고받고 슬픔도 주고받으면서. 그러다 가족 중 한 사람씩 떠나간다. 모든 사람이 알고 있는 것처럼 순서가 없다. 나이 순도 아니고 성격 순도 아니다. 한 사람이 떠나면 남은 가족들은 더 단단한 가족으로 살아 남아야 한다. 축구경기에서 선수 한 명이 반칙으로 퇴장당하면 한 명이 줄어든 상태에서 경기를 계속해야 하는 것처럼. 퇴장했다고 무조건 지는 걸로 끝나는 것은 아니다.

한 명이 줄어 들어도 남은 가족이 있다. 서로의 슬픔까지도 함께 감싸 안을 수 있는 가족이 되어 계속 살아가는 것이다. 먼저 떠난 가족은 자기 몫을 다하고 간 것이다. 남은 가족들은 또다시 각자의 몫을 하면서 오늘을 살아야 한다. 나처럼 슬픔을 가지고 살아가고 있으니 얼마나 안쓰러운가. 내가 슬픈 만큼 너도 슬프니까 더 많이 안아주자. 사랑을 담아서.

나에겐 아직 가족이 있습니다

고 3 딸이 아침으로 호박죽을 먹고 문을 나섰다. 오늘 아침도 반도 채 안 먹고 배가 부르다며 숟가락을 놓았다. 시간이 늘 부족한 손녀를 위해 외할머니가 호박죽을 끓여 주셨다. 한 번 죽을 끓일 때 두 가지 종류로 끓인다. 하루하루 번갈아 가면서 먹으라고. 과일도 오렌지 한 개 먹고 일어섰다. 통학용 차를 타야 해서 더 먹을 시간도 없다. 고 3이 되니 먹는 것보다도 잠이 더 우선이다. 조금이라도 더 자기 위해서 먹는 시간을 줄인다.

'일어나자', '일어나자' 불러도 단번에는 안 일어난다. 예전에는 목소리를 점점 냉랭하게 하여 겁을 줘서 깨웠다. 아침부터 아이 기분을 상하게 했다. 똑같이 반복하는 딸이나 나도 같은 모습이었다는 것을 깨달았다. 나부터 좋은 기분을 만드는 것이 중요했다. 아침에 눈을 떠서 볼 수 있는 가족이 있다는 게 얼마나 감사한 일인지 이제는 알게 되었다.

한두 번 불러본 뒤 옆에 가서 어깨를 안마한다. 딱딱한 어깨와 목을 주무르면 아파서 잠이 깬다. 시원해지라고 주물렀지만 아파서 깨는 거다. 손을 잡아서 일으켜 앉히면 그냥 눈 감은 채 앉아 있다. 그러면 안아주기로 들어간다. 피곤하지 하면서 안아주면 끄덕이며 안기다 잠시 뒤 드디어 일어나서 욕실로 간다. 아침부터 뭐 하는 짓이냐에서 얼마나 자고 싶을까 하는 안쓰러움으로 마음이 바뀌었다.

시내버스로 가려면 더 일찍 나서야 한다. 통학용 미니버스는 딸의 학교 학생들만 탄다. 시간도 단축되고 바로 교문 앞에 내려주니 수고도 줄어든다. 아침마다 차를 타야 한다는 절박함이 있다. 차를 타러 나가서 못 탄 적은 거의 없다.

특별한 경우에는 내가 태워다 주기도 하지만 대부분 통학차를 이용한다. 안 타는 날은 미리 문자를 보낸다. 차량 기사님은 시간을 잘 지켜 주신다. 아주 특별한 경우 외에는 거의 빠지는 날이 없다. 딸이 조금 늦게 나서도 차를 탈 수 있었던 것은 기사님이 조금 기다려 주셔서이다. 문자를 안 보냈으니 차를 타러 나올 거라고 기다려 주신 거다.

딸이 고등학교 졸업하는데 도와주신 많은 분 중 한 분이 통학차 기사님이다. 문자에는 바로바로 답을 주시는데 카톡으로 보낸 기프티콘에는 언제나 답이 없다. 커피를 드셨는지 모르겠지만 보내는 동안 내 마음이 기뻤으니까 잘 드셨다고 믿는다.

알람 소리를 못 듣는 딸을 위해서 일찍 일어나 준비해야 한다. 신랑을 보내고 나서도 슬프다고 누워 있을 수 없다. 학교는 보내야 하니까. 중 3 아들도 깨워야 한다. 아이들이 스스로 일어나게 해야 되는 게 아니냐고 말하는 사람도 있다. 나는 내가 깨워주고 싶어서 깨운다.

아들은 옆에 가서 누우면 팔을 내밀면서 옆에 누우라고 한다. "이러시면 안 됩니다. 고객님" 하면서 옆에 가서 눕는다. 10초에서 20초도 채 안 걸리지만, 예전에는 잘 안 했다. 늦었다고 얼른 일어나라고 독촉했다. 아들의 마음을 외면했다. 30초도 안 걸리는 시간을 못 냈다. 대신에 일어나는 시간이 더 길어지게 했다. 아빠가 있을 때는 같이 깨웠기 때문에 내가 외면해도 괜찮았다. 이제는 내가 외면하면 아들은 어쩌나 싶어서 그럴 수 없다. 잠시 누워서 "내가 그렇게 좋아?"하면 빙긋이 웃는다. 내가 일어나면 곧이어 따라서 일어나 씻으러 간다.

아침은 먹는 사람이 스스로 조절해서 먹는다. 꼭 다 먹고 가야 한다는 규칙이 우리 집에는 없다. 늦게 일어나 먹는 시간이 부족하면 좀 적게 먹고 가도 된다.

언젠가 아이들이 늦게 일어나서 밥을 다 먹고 갈 시간이 안 되면 어떻게 해야 하냐고 아빠에게 물었다. 다 먹고 지각을 하든지, 덜 먹고 늦지 않게 가든지 자기가 하고 싶은 대로 하면 된다고 했다. 그때까지는 간혹 억지로 아침을 다 먹고 가면서 기분이 좋지 않았던 적도 있었다. 아빠가 대답한 이후로 아이들도 나도 아침을 얼마나 먹고 가느냐에 대해서 더는 문제 삼지 않게 되었다. 사실 나도 다 먹고 가서 지각해 봐야 정신 차리지 하는 마음이 있었다. 아침에 일어나기와 밥 먹고 가는 것으로 싸울 일이 없어지니까 굿모닝일 수밖에 없다. 아이들이 있어서 나도 굿모닝이다.

2019년 2월에 다시 제주도를 찾았다. 딸이 서울로 가기 전 가족 여행으로 갔다. 3년 전에는 네 명이었다가 이제는 세 명이 되었다.

제주도는 처음으로 가족들이 비행기를 타고 여행을 간 곳이다. 직장 때문에 제주도에 가서 살다가 나오면서 집을 민박 놓기 시작한 친구가 있다. 제주도 가고 싶으면 언제든지 전화하라는 얘기를 오래전부터 들어왔다. 형편상 여의치 않아 계속 가지 못했다. 딸이 고등학교 들어가기 전에 안 가면 언제 가겠냐 싶어서 친구에게 전화했다. 월세를 안 놓은 상태여서 가면 된다고 했다. 얼마나 고마운지 모른다. 저가 항공권에 렌터카 예약만 하면 되는 좋은 기회였다.

3년 전에는 신랑이 몸이 좀 안 좋을 때였지만, 병원에 가

보기 전이어서 부담없이 여행을 즐겼다. 첫째 날 점심은 식당에서 사 먹고 저녁은 장을 봐 와서 숙소에서 해 먹었다. 둘째 날은 전날 눈이 많이 내려서 신랑과 아들은 눈 덮인 한라산에 올라갔다가 왔고, 발목을 삔 딸과 나는 테디베어 뮤지엄을 구경했다. 허리가 아픈 아빠와 초등학교 6학년인 아들이 백록담까지 무사히 잘 갔다 올 수 있을지 걱정이 좀 되었다. 백록담까지 갔다가 내려오다가 아들이 발목을 조금 삐끗했지만, 무사히 잘 내려와 주어 너무 고마웠다.

이틀간 제주도 관광도 좋았지만, 돌아오는 날이 가장 기억에 남는다. 새벽부터 눈이 내리기 시작하길래 오후 관광 계획을 취소하고 공항으로 갔다. 제주공항에 꽤 많은 사람이 있었지만, 그때까지만 해도 크게 복잡하지는 않았다. 혹시나 하고 비행기 표를 알아보니 점심 때 출발하는 비행기에 자리가 있다고 해서 표를 교환하고 면세점을 구경하면서 기다렸다. 비행기 탈 시간이 가까워질수록 공항 분위기가 어수선해졌다. 비행기가 지연되고 결항도 시작되고 사람들이 점점 더 많아지고.

우리도 비행기를 못 타나 싶었는데 조금 지연만 되고 비행기가 운항되어 우리 가족들은 비행기를 타고 집으로 돌아왔다. 와서 뉴스를 보니 우리가 탄 비행기 이후로는 결항이 되어 비행기가 뜨지 못했다고 한다. 우리가 극적으로 온 것 같아 왜 그리 기분이 좋던지. 와 다행이다 하고 있는데 신랑이 하는 말 "아, 표 바꾸지 말걸. 그러면 내일 비행기 못 타서 출근 안 하고 하루 더 놀 수 있었는데"하며 아쉬워했다.

이번에는 셋이 제주도에 가기로 하였다. 지난번에는 제주 시내에 있는 집에 머물렀기에 이번에는 서귀포에 숙소를 예약하고 렌터카와 비행기 표를 예약했다. 제주도로 출발하기 3일 전에 친구에게 전화가 왔다. 그동안 년세(1년 치 세를 다 받고 세를 주는 것)를 주었는데, 당분간 집이 빈다고 쓸 일 있으면 쓰라는 연락이 왔다. 이 전화를 받는 순간 기분이 묘했다. 신랑과 함께 갔던 집에 다시 가 볼 수 있게 되다니. 아이들 생각은 어떨지 몰라 의견을 물었더니 고맙게도 아이들이 더 좋다고 말해 주어 그 집에 다시 갔다.

여행 전 아이들이 가보고 싶은 곳을 검색해서 코스와 맛집 등 스케줄을 잡았다. 지난번에는 신랑과 내가 코스를 잡았는데, 삼 년 사이에 아이들이 이렇게 컸구나 하는 생각이 들었다. 이번에는 점심 맛집 한 곳, 유명한 카페 한 곳. 아침과 저녁은 음식을 사서 집에서 먹고, 아이들이 장소를 안내해 주면 나는 운전만 하면 되었다.

첫날은 미리 내려온 친구가 집을 정리하고 있어서 함께 피자와 치킨으로 저녁을 먹었다. 아이들은 처음 본 이모(엄마의 친한 친구는 이모라고 불러도 된다고 했다)인데도 어색해 하지 않고 편안하게 대했다. 그동안 나에게 이야기를 자주 들어서 그럴 수도 있었을 것이다.

느긋하게 관광하면서 제주도가 어떤 곳인지 둘러 볼 수 있었다. 또한 바다 색깔이 사진으로 보는 바다처럼 아름답다는 것을 알게 되었다. 다음에 다시 또 제주도에 갈 때는 운전도 내가 안 해도 될 것 같다. 아이들이 크고 있으니까. 이번 여행을 통해 아빠 이야기도 하고, 그때 그랬지 하면서 떠올릴 수 있었다. 제주도는 이제 우리 가족들에게 아빠와 함께하는 느낌을 주는 장소가 되었다.

제주도에서도 아빠가 없지만 우리는 아빠가 있어도 했을 법한 대로 시간을 보냈다. 눈에 보이지 않지만, 아빠랑 함께하는 것처럼. 편안하게 일정을 잡고 서로가 함께하는 시간을 즐겼다. 성격이 급한 편인 나를 아이들이 차분해지도록 끌어주기도 했다. 급하게 음식을 먹고 있으면 천천히 먹으라고 하는 것까지.

아이들과 나는 알고 있다. 언젠가는 서로 헤어지는 날이 온다는 것을. 함께 있는 시간 동안 서로가 더 사랑을 나누어야 한다는 것을.

아침에 아이들을 깨울 때 나의 목소리가 점점 높아지는

 날도 있었다. 신랑은 오히려 편안하고 낮은 목소리로 아이들을 깨웠다. 나에게 목소리가 크다는 눈치 한번 주지 않고. 이제는 내가 깨울 때 신랑처럼 편안한 목소리를 한다. 가르쳐 주지 않았지만 배운 것이다. 마음이 기억한 것이다. 신랑의 그 모습이 나에게 들어와 있다. 아빠와 엄마가 둘이서 깨워주던 것을 엄마 혼자 깨우게 되니까 아이들 마음이 후해진 것 같다. 아침에 서로 얼굴을 볼 수 있는 게 감사하다는 것을 우리는 안다. 아빠의 얼굴은 사진으로 보고 인사해야 하니까.

주민자치센터에 가서 신랑 사망 신고를 하고 한부모가족 신청을 했다. 그때까지만 해도 부모님이 한쪽밖에 없는 걸 한 부모라고 한다고 생각했다. 대부분 사람이 나처럼 생각하고 있었다. 영어로도 single parent로 표기하기도 하니까. 그러나 사실이 아니다.

우리나라에서는 1989년부터 사용된 모자복지법, 2002년부터 사용된 모부자복지법이 2007년 10월에 한부모가족지원법으로 바뀌었다. 이는 기존의 모자복지법, 모부자복지법 등에서 사용한 '편부모가족, 결손가족'이란 말이 앞에서 살펴보았듯이 '부모가 모두 존재하는 가족 형태'를 완전한 의미로 보고, 그중 어느 한쪽이 없는 경우 뭔가 부족한 가족

형태라는 의미를 담고 있는 데 대해 이를 긍정적으로 전환하기 위해 한부모가족지원법에서 '한부모가족'이란 용어를 사용하게 되었다. 여기서 사용된 '한'의 의미는 '크다, 가득하다, 온전하다'라는 뜻을 담고 있는 순우리말이다.

한부모가족은 한 명의 부모로도 충분히 온전한 가족이라는 뜻이다. 이 뜻을 알고 난 뒤 마음이 비워지면서 충만함이 느껴졌다. 아빠 없는 부족한 가족이라는 마음이 사라지고 엄마 한 사람으로도 부모 역할을 할 수 있다는 충만함이 채워졌다. 아이들과 내가 또 다른 모습의 가족으로 이제부터 살아가면 된다는 것이다.

가족이 있어서 오늘도 살아가는 의미가 있다. 이전까지는 엄마 · 아빠가 함께 있는 가족만 봤다면, 이제는 엄마나 아빠만 있는 가족들도 볼 수 있는 눈을 가지게 되었다. 이 땅의 모든 한부모가족은 슬픔을 안다. 그리고 남은 가족은 서로의 소중함을 너무 잘 안다.

제 2 장

영춘씨네 가족 이야기

그럴줄 알았다 우리 딸

딸의 학교에 드디어 현수막이 걸렸다. 어제 한의대 추가 합격 연락이 왔었다. 딸은 전화를 받은 그 자리에서 거절했다. "죄송합니다. 다른 학교에 갑니다."라고 했단다. 한의대 예비 번호를 받았을 때 딸의 고민은 무척 컸다. 고1 때부터 교대를 준비해 왔다. 문과에서 적성과 취업 두 가지를 모두 잡을 수 있는 진로로 교대가 딱이었다. 음악, 미술, 체육을 다 좋아한다. 가르치는 것도 좋아하고 아이들과도 눈높이를 잘 맞출 수 있는 딸이다.

대학 입학원서를 쓸 때 엄마들이 학교 정보를 열심히 검색하고 확인해서 학교를 정하는 힘든 일을 담임 선생님께서 해 주셨다. 진학 관련 사이트에서 전국의 교대에 성적을 넣고 돌려서 교대 4곳을 선택했다. 수시원서는 6곳까지 쓸 수 있어서 나머지 두 곳은 담임 선생님의 추천을 그대로 따랐다. S대와 우리가 사는 곳에 있는 한의대였다. 교대만 바라보고 온 딸에게 고3 담임 선생님과 고1 담임 선생님께서 한의대의 좋은 점을 날마다 설명해 주셨다. 혹시 합격이 되면 한의대를 가라고 권하신 것이다. 나 역시 혹시나 한의대가 되면 좋겠다는 생각이 스쳐갔다. 큰 고민을 안 하고 있던 딸에게 한의대는 생각조차하기 힘든 문제였다. 처음에는 버린다고 생각하고 원서만 쓴 거다. '한의대는 절대 아니다'라고 했던 딸이다.

하루는 집에 와서 딸이 울었다. 한의대는 만약 합격해도 가기 싫다고 울었다. 딸이 얼마나 가기 싫어하는지를 그제야 알게 되었다. 네가 정 싫으면 안 가도 된다고 말해줬다. 선생님도 엄마도 가기를 원하는 것 같아서 딸이 더 힘들었나 보다. 내 말을 듣고 난 뒤 눈물을 닦고 웃었다. 나 역시 딸의 웃는 얼굴을 보니 욕심이었다는 것을 알게 되었다.

수시 합격자 발표가 나기 시작했다. 교대 4곳 중 2곳은 1차에서 떨어졌다. 교대 문턱이 높다는 말은 많이 들었지만, 이렇게 높은 줄 몰랐다. 나머지 2곳은 면접일이 같아서 한 곳을 버리고 강원도에 있는 교대에 면접을 보러 갔다. 이곳은 한부모가족 자격에 해당하는 전형으로 지원했다. 토요일 아침 일찍 면접 시간이 잡혀서 하루 전날 고속버스를 타고 춘천에 갔다. 예전 같으면 시간이 굉장히 많이 걸렸을 것이다. 요즈음은 곳곳에 고속도로가 생겨 시간이 많이 단축되었다.

아들이 학교를 마치고 온 뒤 출발해서 4시간만에 춘천에 도착했다. 늦은 밤 숙소 건너편 편의점에서 라면과 김밥으로 저녁을 먹었다. 딸과 함께 면접을 보러 온 다른 어머니와도 인사를 나눴다. 서로 힐끗힐끗 쳐다보면서 우리랑 같다고 생각을 한 거였다. 경기도에서 왔다고 했다. 내일 면접 잘 보고 딸들이 합격했으면 좋겠다는 덕담을 나누고 숙소로 왔다.

이층침대 옆에 이부자리를 펴고 누웠다. 침대 위 칸에는 아들이 자고, 아래 칸에 딸이 자기로 했다. 피곤할 텐데 자자고 해도 면접용 자료를 조금 더 보다가 자겠다고 한다. 대신 해 줄 수도 없고, 너무 안쓰럽다. 열심히 공부하고 시험 보고 나면 다 끝나는 줄 알았다. 면접 준비도 많이 해야 한다는 걸 이제야 알았다.

내일 아침 어떻게 움직일지를 의논하였다. 토요일에는 평생교육원 강의가 있어서 나는 부산으로 바로 내려가야 했다. 아이들 둘만 남겨두고 가려니 걱정이 된다. 내일 아침 우선 셋이 다 일어나서 게스트하우스 1층으로 내려가 토스트와 콘프레이크로 식사를 한다. 아들은 다시 숙소로 들어가서 누나한테 연락이 올 때까지 좀 더 잔다. 딸을 택시에 태워 학교에 보내고 나는 터미널에 가서 버스를 타고 내려간다.

다음날 아침 일어나 서로를 깨우고 부지런히 준비하여 계

 획한 대로 했다. 면접 시험일 아침 식사가 너무 간단해서 마음이 좀 걸렸지만, 아이들이 괜찮다고 한다. 택시를 잡아 딸을 혼자 보내고 나도 버스를 타고 내려 왔다. 이 날이 뉴스에 나온 대로 강원도에 첫눈으로 대설이 내린 날이다. 고속도로에는 갑자기 내린 눈으로 곳곳에 사고가 나서 내려오는데 시간이 오래 걸렸다. 아들은 면접을 무사히 마치고 나온 누나와 상봉을 했다. 부산에서 대설은 좀처럼 보기 힘들다.

눈싸움도 하고 춘천 닭갈비도 먹고 즐거운 시간을 보내고 아이들이 내려왔다. 합격했다. 아빠가 딸에게 선물을 주고 간 거 같다. 합격한 게 참 좋은데 신랑에게 미안한 마음도 들었다. 같이 기뻐해 주겠지 하면서 아빠 사진을 보고 우리는 기뻐했다.

딸이 다닌 여고는 입학할 때부터 이과와 문과를 나누는 학교이다. 입학할 때는 이과로 들어갔다. 수학과 과학에 관심도 있는 편이고 사회 분위기가 이과가 취업이 더 낫다고 해서 이과를 선택했다. 중학교 때는 태권도만 다니고 혼자서 공부해 왔다. 우리 가족은 고등학교도 그렇게 하면 될 줄 알았다. 고등학교 들어가기 전 선행 학습이 꼭 필요하다는 걸 들어가서 알았다. 수학 성적이 상대적으로 너무 낮게 나와 결국 2학년 때 문과로 바꾸었다. 이과에서 문과로 가서 잘 되는 경우보다 잘못 되는 경우가 많다는 얘기를 들으면서 선택을 했다. 이과보다 수학에서 부담을 덜 받아 차곡차곡 성적을 조금씩 올리게 되었다.

S대는 지역 균형 선발이 있어서 한 학교에서 두 명의 학생이 원서를 쓸 수 있다. 통상 문 · 이과에서 한 명씩 원서를 쓴다. 문과에는 우리 딸아이보다 좀 더 잘하는 친구가 있어 그 친구가 원서를 쓰게 되었다. 이과로 원서가 한 장 넘어갔지만, 이과에서는 S대를 준비한 학생이 없었다. 그 원서가 다시 문과로 넘어왔다. 우리 딸이 그 원서를 받게 된 것이다. 전과하지 않고 있었으면 쓸 수 없는 원서였다.

서울로 면접을 보러 갔다. 아들은 방학 전이라 같이 못 갈 거라고 생각했는데, 아들이 자기도 같이 가면 안 되냐고 말을 꺼냈다. 현장 학습 신청하면 된다고 하면서. 아차 했다. 미리 안 된다고 생각하고 아들의 의견을 묻지 않는 실수를 했다. 그래서 요 며칠 아들이 말수가 좀 적었나 싶었다. 면접 여행에 재미를 들이고 있는 우리 가족이다. 이번에는 KTX를 탔다. 둘이 나란히 앉아 있는 아이들을 보니 흐뭇했다. 예전에는 네 명이 나란히 였지만, 이제는 셋이 나란히….

학교 근처에 숙소를 잡고 식당을 찾으러 나갔다. 간단한 뷔페식당에 들어가서 오랜만에 맛있게 많이 먹었다. 가족 단

 위로 온 사람들이 많았다. 아이들과 함께 와서 먹을 수 있다는 게 감사했다. 교대와는 달리 딸은 긴장이 없었다. 기대가 없으니 긴장도 안 할 수밖에.

이번에는 넓은 침대가 있는 방이었다. 소파도 컴퓨터도 두 대씩에 원형 욕조도 있었다. 오랜만에 욕조에 물을 받아 차례차례 씻었다. 그동안 우리가 가 본 숙소 중에서 최고였다. 아들은 '오 호~' 하면서 게임을 시작했다. 딸과 나는 TV도 봤다. 면접을 보러 온 게 아니라 여행을 온 것 같았다.

다음날 아침 일어나 보니 아들의 상태가 안 좋았다. 전날 저녁을 너무 많이 먹은 게 탈이 났다. 체한 거 같았다. 오늘 면접 보고 학교 구경하는 게 우리의 계획이었는데…. 딸을 면접 장소에 데려다줬다. 단대별로 나누어서 면접을 보는데 선배들이 나와서 작은 간식 거리를 나누어줬다. 자녀들을 데리고 온 부모님들을 보면서 '저분들도 얼마나 기쁘실까?', '자녀들이 얼마나 대견하고 자랑스러울까?' 하면서 나도 같이 뿌듯했다. 모두들 긴장하는 모습이기도 했다.

크게 욕심 낸 적이 없었기에 기분 좋게 들여 보내고 숙소로 돌아와서 아들과 기다렸다. 면접을 마쳤다는 전화를 받고 학교로 갔다. 질문이 어렵지는 않았다고 한다. 그나마 다행이다. 질문이 너무 어려워 말문이 막히거나 낙심하면 어떡하나 걱정했었다. 딸이 면접 연습하는 것을 본 적은 없다. 다만 준비하는 과정에서 질문 거리에 대한 이야기를 많이 나누려고 노력하였다. 그래도 막히지 않고 대답을 차분히 했다는 게 정말 대견하다는 생각이 들었다.

학교 식당을 찾아가면서 "엄마, 아는 사람들한테 우리 딸 S대 면접 보고 떨어졌어요 하고 자랑해." 면접 시험 본 것만 해도 어디냐면서 그렇게 말해도 된다고 한다. 하하하 웃으면서 그렇게 하겠다고 했다. 사실이다. 딸아이가 여기까지 온 것만 해도 너무 대견하고 고마운 일이다. 아들의 배가 더 아프기 시작했다. 아쉽지만 학교 투어는 포기하고 얼른 집으로 내려왔다. 아들은 미안해 하면서도 내심 자기 사정을 가족이 봐 준 걸 고마워 하는 눈치이다.

이렇게 면접 본 것 만으로도 기뻐했던 S대에 딸이 합격했다. 너무 감사하다 못해 어떻게 이런 일이 일어나지 하면서 딸과 나는 신기해 하기까지 했다. 학교에서는 고 3 담임 선생님과 고 1 담임 선생님들께서 손을 붙잡고 우셨다고 한다. 선생님들께서 애써 주셔서 합격하게 된 것 같다.

그 다음 주에 한의대 추가 합격 발표가 났다. 예비 번호가 22번이라 10명 선발하는데 어림없다 싶었다. 담임 선생님은 너까지 될 거 같다고 촉을 말씀하셨다. 역시 선생님의 촉은

통했다. 마지막 날 오후에 연락이 온 거다. 딸은 미련 없이 “다른 학교 갑니다.” 했다. 다음날 학교에 현수막이 걸렸다. 합격한 대학 이름이 다 쓰여 있었다. 현수막 안 거냐고 농담 반진담반 주변에서 물어들 왔다. 웃고 말았는데 학교에서 걸어 주셨다. 밤늦게 학교 앞에 가서 현수막 사진을 찍어 친지들에게 보냈다. 함께 다시 한 번 더 축하해 주셨다.

〈SKY 캐슬〉이라는 드라마가 이때 방송 중이었다. 쌍둥이 아들들에게 피라미드 모형을 보여 주면서 공부를 더 하라고 성화를 하는 아버지 모습이 나온다. 아이들을 계속 몰아붙이는 아버지에게 아들들이 우리도 열심히 하고 있지 않냐고 대꾸했다. 아버지는 열심히 하고 있는 거 아는데 조금만 더 열심히 해서 피라미드 꼭대기에 올라서야 한다고 했다. 이 장면을 보면서 순간 깜짝 놀랐다.

고 2 땐가 딸이 학교에서 늦게까지 공부하다가 돌아왔다. 집에 와서 핸드폰을 한참 잡고 있었다. 이때 신랑이 나에게 살짝 속삭였다. “조금만 더 하면 S대 갈 거 같지 않아?” 나도 그전에 집에 와서는 책을 좀 더 보기보다 핸드폰을 보다가 자는 딸이 좀 안타깝기도 했었다. 조금 더 하면 더 점수가 잘 나올 것 같은데 하는 마음이 쓱 올라왔다. 원래 잠 많은 아이가 계속 잠이 모자라서 힘들어 하는 걸 보면서도 이런 욕심이 올라왔다. 영어는 과외로 도움을 받지만, 나머지는 혼자 계속해 오느라 얼마나 수고를 많이 하는지 뻔히 알면서 이런 욕심이 생겼다. 아이 처지에서 생각하니 이건 분명 욕심이었다. 아니다, 이건 욕심이다. 지금도 충분히 최선을 다하고 있는데 좀 더 하라니 이건 과한 거다. 한 번 정리된 생각도 몇 번 더 올라와서 나를 흔들었다. 그때마다 입술도 깨물고 이도 악물었다. 욕심이다, 욕심이다. 이런 시간을 보낸 뒤였기에 신랑의 말에 바로 브레이크를 걸었다. "지금도 충분히 열심히 하고 있어. 그건 우리 욕심이야. 더 이상 열심히 하라고 하면 안 돼." 내 말에 신랑도 씩 웃었다.

부모가 되면 부모의 입장에서 아이들을 보려고만 한다. '너를 위해서'라는 핑계를 대면서. 이미 최선을 다해 열심히 하고 있는 아이들에게 엄지손가락으로 검지손가락끝을 살짝 누르면서 '조금만 더'를 요구한다. 무리한 요구가 아니라고 생각하기에 욕심이라고도 생각하지 않는다. 죽을힘을 다해 달려온 아이에게 조금만 더 힘내라고 하면 그 아이는 어떻게 해야 할까. 나가 죽으라는 소리보다 더 무서운 소리인 것 같다.

딸이 얼마 전에 이런 얘기를 했다. 고2 때 집에 와서 책상에 앉아 핸드폰만 본 날들이 많았잖아. 그럴 때 엄마가 공부하라고 말하지 않아서 좋았다고. 다음날 학교에 가면 어젯

밤에 공부 안 한 게 오히려 미안해서 더 열심히 했다고 한다. 친구들은 시험 때만 되면 성적 떨어지는 것을 걱정하기보다 성적 떨어져서 엄마 · 아빠에게 야단맞는 것을 더 많이 염려했다고 한다. 자기는 그런 염려를 한 적이 없어서 이것도 고맙다고 했다.

시험 전 불안이 높아져 걱정할 때 신랑과 나는 "잘 못 봐도 괜찮아. 시험 한 번 잘못 봤다고 끝나는 인생은 없어." "만약 잘 못 보면 전문대라도 가자. 거기 가서 시작하면 돼." 하고 최악의 상황을 깔아 주었다. 실제로 우리 마음에는 이런 가능성을 가지고 못 봐도 된다는 지지가 아이를 더 공부에 몰입할 수 있도록 해 주었다는 걸 이제야 알게 되었다.

공부하라고 얘기 안 한 것, 시험 잘 못 봐도 된다고 말해 준 것. 이것들이 우리 딸을 즐겁게 공부하도록 만들었다. 믿어 주고 기다려 주면 잘할 수 있는 아이들을 부모의 조바심으로, 욕심으로 망쳐서는 안 될 것이다.

합격 통지서를 들고 아빠 사진 앞에서 아빠에게 내밀었다. 아빠가 어떤 말을 할지 우리는 안다.

"내 그럴 줄 알았다!"

고등학생이 된 우리 아들

집 근처 고등학교에 입학하면서 아들은 기숙사에 들어갔다. 대부분 아이들은 들어가기 싫어하고 집에서 다니겠다고 한다. 신입생 백십여 명 중에서 기숙사에 들어간 인원은 열 명이다. 기숙사 들어갔다고 얘기하면 왜 들어갔는지 궁금해 한다. 언제부터 그런 마음을 먹었는지는 잘 모르겠지만 가겠다고 계속 얘기해 왔다.

수능이 끝난 후 우리 가족들은 얘기할 시간이 많아졌다. 함께 얼굴 볼 시간이 많아졌다. 학기가 다 끝나서 나도 마음의 여유가 생겼다. 누나가 기숙사에 들어가는 걸 보면서 아들도 기숙사 있는 학교에 가고 싶다고 했다. 기숙사 있는 학교에 가면 다른 데 신경을 덜 뺏겨서 공부하기가 수월할 것 같다고 하면서. 누나가 집에 없는 게 싫어서인 것도 같고, 누나보다 공부를 더 잘하고 싶은 욕심이 있는 것도 같았다. 기숙사에 들어가고 싶다는 말을 하는 아들이 대견하였다. '고등학교 가면 이제 공부를 좀 해 보겠습니다'라는 말로 들렸다.

아들은 겨울 방학 시작 전에 필리핀으로 3주간 어학 연수를 가게 되었다. 구청에서 지원해 주어서 무료로 갈 기회가 주어졌다. 처음으로 멀리 보내지만 크게 걱정은 되지 않았다. 필요한 준비물들을 목록으로 만들어 하나씩 준비하면서 여행가방을 꼼꼼히 챙기는 아들이다. 누나와 엄마가 잘 못하는 것을 아들은 잘 해낸다.

큰 기대를 하고 어학 연수를 보낸 것은 아니다. 성향도 마음도 잘 맞았던 아빠를 보내고 힘든 기색도 별로 하지 않고 견디고 있는 아들에게 휴가를 주고 싶었기 때문이다. 다른 나라에 가서 넓은 세상을 보고 오는 계기가 되기를 바랐다.

연수 기간 동안 배가 좀 아픈 날도 있었지만, 크게 아프지 않고 잘 다녀왔다. 영어 공부도 좀 하고 관광도 하고 현지인 선생님들과 친구들과도 친하게 지내고 왔다. 고등학교 기숙사 생활에 대한 예행 연습이 되었다는 게 아들의 총평이었다.

지금의 학교로 배정을 받아 '야호' 하면서 막상 기숙사 신청서를 쓸 때는 조금 망설였다. 기숙사에 대해서는 좋은 평보다 나쁜 평이 돌고 있었다. 주변 친구들 중에도 들어가겠다는 아이들이 별로 없었다. 아들이 학교 기숙사에 가는 게 아들에게도 좋고, 사실 나에게도 좋은 점이 더 많다고 생각했다. 막상 머뭇거리는 아들을 보니 속으로 그냥 마음먹었으면 가면 될 텐데 하는 욕심이 올라왔다. 기숙사에 들어가는 게 좋은 선택이 아닐까봐 걱정하는 것 같았다.

어떻게 할지 몰라 망설이는 아들에게 내 의견을 말해줬다. 가기 싫으면 안 가도 된다. 그런데 막상 가 보지도 않고 지레짐작으로 안 가면 오히려 나중에 후회가 될 수도 있을 것 같다. 우선 가 보고 언제든지 아니다 싶을 때 나와도 된다. 어느 쪽으로 결정하든 그건 너의 선택이라는 것을 말해주었다. 말하면서 기숙사를 안 갈 수 있겠구나 하고 기대치를 내려 놓으면서 편안하게 얘기했다. 잠시 생각을 하더니 일단 가보겠다고 했다. 이런 과정을 거쳐서 기대 반 걱정 반으로 기숙사 생활을 시작했다.

기숙사에 들어가 보니 느낌이 괜찮았는지 친한 친구에게 너도 들어오라고 아들이 권했다. 망설였던 그 친구도 바로 그 다음날 같은 방으로 들어갔다. 첫 주를 보내고 집으로 온 아들에게 기숙사 생활에 대해 들었다. 학교에서 저녁을 먹고 난 뒤 기숙사에 있는 학생들은 기숙사로 돌아와서 4층에 있는 독서실에서 야자를 한다. 80분 공부하고 20분 쉬는 시간을 준다. 그 20분 동안 숙소에 갔다가 다시 올라가는데 시간이 너무 짧다고 아쉬워했다.

야자를 마친 뒤 11시 30분경에는 운동장을 15분 정도 돈다. 매일 도는 것은 아니라고 한다. 미세먼지가 심한 날은 침대 위에서 팔굽혀펴기를 한다. 어떤 날은 1학년 전체가 운동장을 뛰기도 한다. 열 명이 두세 명씩 친한 친구들과 나뉘어서 뛰었다고 한다. 학교 밥도 맛있다고 한다. 아침에는 기상 알리는 소리에 벌떡 일어나서 씻으러 간다. 집에서는 단번에 일어나지 않는데, 기숙사에서는 절로 잠이 깬다고 하니 얼마나 감사한지 모르겠다. 처음부터 잘 적응해 주는 아들이 대견해서 얘기를 듣는 동안 입꼬리가 계속 올라간다.

아들의 기숙사 선택에는 여러 가지 이유가 있을 것이다. 아빠의 영향도, 누나의 영향도, 엄마를 위하는 마음도. 모두 말해 주지 않아도 힘든 결단을 한 아들이 고맙다. 불편한 점도 있을 텐데 괜찮다고 하면서 잘 적응해 주는 아들이다.

"너는 이 정도면 게임 중독 수준이야!"

누나가 동생한테 쏘아붙였다. 집에 와서 볼 때마다 게임을 하고 있으니 이런 말을 할 수밖에. 아들이 중2 때부터 게임을 많이 하기 시작했다. 아빠가 집에 와 있을 때도 아빠 앞에서 계속 게임을 했다. 가능한 아이를 이해해 주려고 노력해도 너무 하는 것 같아 약속했다.

참다 참다 어느 날은 폭발해서 아들을 앉혀 놓고 설교를 했다. "게임만 계속하면 생각을 할 수 없는 사람이 된다. 며칠씩 게임을 하다가 죽는 사람 뉴스에서 봤지." 하면서 겁도 줬다. 하지만 그날 잠시뿐이지 다음날 또 게임을 했다. 그러다가 시험 때가 되면 벼락치기로 시험 공부를 했다. 시험 점수가 나쁘지 않게 나오니까 계속 그렇게 생활을 했다. 이런 아들을 보면서 걱정을 넘어 서서 좀 얄밉기까지 했다. 한 번은 시험 전에 또 벼락치기로 공부를 하는 아들에게 "너는 시험 점수 잘 나오면 안 돼."라고 폭언을 했다. 시험을 망쳐 봐야 '아이쿠 이러면 안 되겠다'하고 정신을 차릴 것 같았다.

서로 신경을 곤두세우다가도 순간 안쓰러운 마음이 들면 자꾸 손을 내밀게 되기도 했다. 막상 시험 전날 애쓰는 아들을 보면 '엄마가 뭐 도와줄까?', '채점해 줄까?'하다가도 시험이 끝나면 또 게임하는 아들을 보면 마음이 안 좋아지고. 그럴 때 주변에서는 "그냥 두라. 실컷 하고 나면 나중에 안 한다."라고 충고한다. 말은 알아 듣겠지만 볼 때마다 마음은 불편했다.

그러다가 언제부턴가 게임 때문에 자꾸 아들과 부딪히는 게 나에게 너무 손해라는 걸 알게 되었다. 게임 때문에 정작 내가 아들과 하고 싶은 것을 못 하고 있다는 것을 알게 되었다. 서로 눈 맞추고 얘기하고 안아주던 것을 언제부턴가 안 하고 있었다. 중요한 것을 놓쳤다는 사실을 알고 게임하는 아들을 그대로 인정해 주기로 했다. 게임하는 걸로 아들과 감정 싸움을 하지 않기로 하자 내 마음이 편해졌다. 예전 같으면 저녁을 차려 놓고 빨리 먹으러 오라고 성화를 했을 것이다. 그러나 생각을 바꾼 후로는 저녁을 언제 먹을 것인지 먼저 물어보았다. 게임이 끝나는 예상 시간을 물어본 거다. 말해 주는 시간에 저녁을 차리니 서로 웃으면서 밥을 먹을 수 있게 되었다.

고등학교에 들어간 지 2주쯤 지나가서 아들이 컴퓨터를 누나 책상으로 옮기겠다고 했다. 왜 그러냐고 하니까 책들을 펼쳐 놓기에 책상이 너무 좁아서 안 되겠다고 했다. 생각도 못한 아들의 말에 "진짜"하면서 손뼉을 쳤다. 좋아하는 내 모습을 보니 아직도 게임을 하는 것보다는 안 하는 게 더 좋은가 보다. 만약 내가 컴퓨터를 이제는 옮겨야 하지 않겠냐고 했더라면 과연 옮기겠다고 했을까? 십중팔구 그런 마음을 먹었다가도 안 한다고 했을 것이다.

컴퓨터를 옮겨 놓고 보니 인터넷 선을 연결하는 데 문제가 생겼다. 누나 책상은 위에 침대가 있어서 낮은 책장과 침대 옆 벽체가 아주 가까이 붙어 있다. 그 사이로 인터넷 선을 넣어야 하는데 넣을 방법이 없어 보였다. 아빠가 있을 때 항상 문제가 생기면 집 안에 있는 물건들을 활용해서 해결하는 경우가 많았다. 창의성이 없었던 나도 결혼 생활을 통해서 생각이 늘었다. 이렇게 하면 어떨까? 저렇게 하면 어떨까? 문제를 해결하는 방법을 찾으려고 노력하게 되었다.

처음에 각자 해결할 수 있는 게 뭐가 있을까를 찾으면서 집안을 둘러 보았다. 좁은 틈새로 인터넷 선을 넣을 수 있도록 도와줄 수 있는 도구가 필요했다. 한참을 둘러 봐도 쓸만한 게 보이지 않았다. 그러다가 아들이 옷걸이를 길게 펴서 들고 나타났다. 옷걸이 끝에 인터넷 선을 테이프로 살짝 붙여서 틈에 집어넣었다. 컴퓨터 본체 뒤편 책꽂이에 난 구멍 사이로 손을 내밀어 인터넷 선을 잡을 수 있게 되었다. 둘이 같이 뭔가를 해냈다는 기쁨에 행복감이 솟았다. 아빠가 있었다면 아마 이렇게 했을 것이다. 그동안 아빠가 하던 모습을 지금 우리가 하고 있다. 힘든 문제가 생겼을 때 서로 짜증내지 않고 해결할 수 있는 방법을 찾는다. 방법은 늘 있기 마련이다.

아들은 부품들을 사서 직접 조립해서 컴퓨터를 만들었다. 모니터와 자판도 게임 하기에 좋은 것으로. 그러다 보니 한글이나 윈도우 프로그램이 없다. 이제 다른 식구들도 쓸 수

 있는 컴퓨터로 변신해야 했다. 한글은 전에 샀던 적이 있어서 바로 다시 설치하였고, 윈도우는 새로 사서 설치했다. 다음에 시간 있을 때 사도 된다고 해도 오늘 설치했을 때 다 하는 게 좋다면서 바로 해줬다.

아들은 이런 사람이었구나. 다른 사람에게 뭔가를 해 줄 때는 최대한 할 수 있는 데까지 해 주려고 하는 사람. 또다시 신랑 생각이 났다. 다른 사람에게 줄 때는 좋을 걸로 줘야 한다고 늘 말했었다. 아들이 아빠를 닮았구나. 아들 책상에는 책꽂이와 책과 공책, 필기구만 있다. 아들의 마음을 보는 것 같았다.

금요일 저녁에 아들을 만나면 무척 반갑다. 주중에 잠깐 얼굴 볼 때도 있지만 반가운 건 반가운 거다. 스스로 선택해서 들어간 기숙사 생활 잘 적응해줘서 너무 고맙다. 요즘도 계속 반 친구들에게 기숙사 얘기를 툭툭 던진다고 한다. 기숙사 생활을 즐겁게 해줘서 다행이다.

컴퓨터를 옮겼을 때도 아들이 무척 대견했다. 게임에서 자연스럽게 빠져나와 주어서 또 고마웠다. 게임에 열중하는 아들을 수용하는 게 처음에는 아주 힘들었다. 그래서 널도 뛰었다. 어느 날은 괜찮은 척 봐 주고, 어느 날은 잔소리를 하고.

주말 저녁에 아들과 함께 저녁을 먹는다. 예전에 게임을 할 때는 밥 먹을 때도 핸드폰을 들고 와서 게임을 보면서 밥을 먹는 모습을 불만스럽게 보기도 했다. 심할 때는 게임하는 아들이 야속하기도 했다. 그러다 아들과의 사이가 더 이상 나빠지는 게 싫어서 수용하기 시작했다. 마음이 다시 좋아지면서 웃을 수 있게 되었다. 내가 기대했던 것 이상으로 결단하는 아들을 보면 고마웠다.

저녁을 먹으면서 아들은 누나 말 듣지 않은 것을 후회한다고 했다. 겨울 방학 때 공부 좀 하라고 할 때 할 걸 하면서. 친구들은 선행 학습을 하고 왔는데 자기는 하나도 안 하고 와서 너무 힘이 든다고 했다. 진도를 한두 번 정도 나가고 왔냐고 물었더니, "어머니 아니에요. 서너 번씩은 하고 온 거 같아요." 한탄을 섞어 말했다. 이삼 주 정도 계속 후회한다고 말했다. 지나간 일을 후회해도 소용이 없으니 후회는 그만해도 된다고 말해줬다. 대신 반성을 하자고 했다. 앞으로 해야 할 것들을 생각하고 하면 된다고…. 고개를 끄덕이면서 아들이 웃었다. 자기가 생각해 봐도 다른 방법이 없는 걸 아니까 웃는 것 같다.

주말에 게임을 안 하게 된 이유가 뭐지를 물어보았다. 특별한 결단을 했을 것 같아서. 그러나 생각보다 간단한 대답이 돌아왔다. 할 게 많아서 게임을 안 한다고. 그럼 그동안은 할 게 없어서 게임을 한 거냐고 다시 물어보았다. 맞다는 거다. 중학교 때는 집에 와서 별로 할 일이 없어서 게임만 했다는 거다. "엄마는 중학교 때 뭐했어요?"라고 나한테 되물었다. "그래, 엄마도 평소에는 그냥 놀다가 시험 때 공부했지." 라고 말했다. 그러고 보니 나도 평소에는 많이 놀았구나. 아들도 나처럼 그냥 논거였다. 그게 게임이어서 내가 문제라고 봤던 거였다. 놀이가 다른 것 뿐이었는데 불구하고.

아이들은 자기가 해야할 일이 있으면 그것을 하고 남는 시간에는 놀이를 한다. 우리 때는 학교 숙제가 많았다. 숙제하고 나면 저녁이고, 밥 먹고 나면 가족들과 TV 보면서 놀았다. 요즘 아이들은 숙제가 많지 않다. 학원에 다니는 아이들은 늦게 와서 게임할 시간이 없지만, 학원 안 다니는 아이들은 남는 게 시간이라 게임을 한다. 사회가 바뀌어서 놀이도 바뀐 것뿐이다. 게임에 빠져 있는 아이들에게 자기가 하고 싶은 걸 찾을 수 있도록 도와주는 게 부모가 할 일인 것 같다. 게임을 그만하라고 말하기는 쉽다. 하고 싶어 하는 걸 찾는 것은 수고가 따른다. 자전거를 타면서 게임 중독을 벗어난 학생이 했던 말이 기억난다.

"게임보다 더 재미있는 걸 못 찾아서 그런 거예요. 내버려

두세요. 더 재미있는 거 찾으면 게임하라고 해도 안 해요."

우리 아이들이 심심해서 게임에 빠져들도록 내버려두지는 말자. 해야 할 거나, 하고 싶은 놀이를 찾도록 도와주자.

우리 부부는 이렇게 살았다

결혼식에서 신랑을 존경하며 사랑하며 살겠다고 고백했다. 물론 신랑도 나에게 말했다. 사실 무슨 뜻인지도 잘 모르고 한 말이다. 막연히 부부라면 그렇게 살아야 한다는 생각만으로 한 말이기도 하다. 마음은 그렇게 살고 싶었다고 해야 맞는 말인 것도 같다. 이렇게 사는 부부를 가까이에서 본 적도 없다. 결혼 생활을 어떻게 하는 게 잘하는 것인지 가르쳐 준 사람도 없었다. 어디 가서 배워 본 적도 없이 부부가 되었다.

신혼 초에 이사를 많이 다녔다. 하는 업종이 바뀔 때마다 이사했다. 제과점을 하다가 신랑의 건강 문제로 그만두었다. 편의점으로 바꿔 장사했다. 생각보다 매상이 올라오지 않아 그만두고 부동산 중개사무실을 열었다. 아들을 가졌을 때 공인중개사 자격증을 취득했다. 공부 한번 해 보면 어떻겠냐고 권하는 말에 공부를 시작해서 따게 되었다.

부동산 중개사무실도 생각보다 잘 되지 않았다. 내가 영업을 잘 못 했다. 그러던 중 이것저것 장사를 해도 잘 안 되는데, 차라리 공기라도 좋은 데 가서 살면 어떻겠냐고 신랑이 말을 꺼냈다. 울릉도는 어떠냐고 물었다. 울릉도는 내 고향이다. 태어나서 7살 때까지 살았다. 나는 언제든 나이 들면 다시 돌아가서 살고 싶은 곳이었기에 좋다고 했다. 그러면서 신랑에게 나는 언제든 가고 싶은 곳이지만, 당신은 가본 적이 없으니 한 번 다녀와 보라고 했다.

울릉도는 날씨가 좋을 때 가야 하는 곳이다. 여름 휴가철이나 태풍 오는 초가을에는 들어갔다가 못 나올 수도 있다. 신랑은 5월 날씨 좋을 때 울릉도에 들어갔다. 포항에서 배를 타고 가야 하기 때문에 바람이 큰 변수이다. 바람이 많이 안 불고 파도만 잔잔하면 큰 어려움 없이 다녀올 수 있다. 처음 가는 울릉도 뱃길이 아주 좋았다.

혼자 울릉도를 다녀와서 그곳으로 이사를 가자고 했다. 결혼해서 몇 년 안 살았지만, 신랑이 하는 말에 늘 "Yes"를 해왔다. 이번에도 역시 그러자고 하고 온 가족들에게 울릉도로 이사하겠다고 선언했다. 신랑의 누님들과 매형들, 친정어머니와 동생들 모두 깜짝 놀랐다. 말리는 분들도 많았다. 하지만 이미 우리는 마음을 정했기에 추진했다. 이때가 딸이 4

살, 아들이 2살이었다. 아들은 등에 업고 딸은 아빠 손을 잡고 울릉도로 들어갔다.

친정부모님이 결혼식을 올리셨고, 어릴 때 다녔던 교회 옆 작은 아파트로 이사를 했다. 우리 가족은 새로운 환경에 낯설기도 했지만, 신이 나 있었다. 그동안 계속 장사를 해 와서 아이들과 함께 시간을 많이 못 가졌다. 이사한 이유 중 아이들을 자연 속에서 자라게 해주고 싶다는 것도 있었던 것 같다.

직장도 없이 온 가족이 들어온 걸 보고 친척분들께서 반가워 하시고 안쓰러워 하셨다. 육지에서 사는 게 힘들어 들어온 거니까 어떻게든 우리를 도와주려고 하셨다. 친정어머니도 이사를 도와주러 함께 오셨다. 어머니 고향이기도 한 이곳에 살림도 잘 못 하는 딸 가족을 두고 가시면서 마음이 쓰이셨고, 아이들은 어떻게 키울지 걱정이 되셨을 것이다.

부산으로 돌아가셨다가 짐을 싸서 울릉도로 다시 오셨다. 집이 좁지만, 예전처럼 같이 살자고. 차마 어머니에게 부탁할 수 없어서 기대도 안 했는데 와 주셔서 얼마나 좋던지. 동해가 바로 보이는 큰 방을 아이들과 네 식구가 함께 쓰고 작은 방을 어머니께 드렸다. 친척분들의 도움으로 일자리를 구하고 다시 돌아온 고향에서 살기 시작했다.

시간이 될 때마다 밖으로 나갔다. 여름에는 천부에 있는 바닷물로 만든 해수 풀장에서 놀았다. 무료 풀장이었다. 온 가족이 그냥 들어가서 물놀이를 했다. 그러다 물을 먹으면 얼마나 짜던지. 아이들이 처음 가 본 수영장이기도 했다. 다 놀고 난 뒤는 대충 닦고 집으로 돌아와서 씻으면 되었다.

가을에는 성인봉 끝자락 나리 분지에 자주 갔다. 단풍으로 물든 나리 분지는 이쁘기도 했지만, 평지여서 좋았다. 울릉도는 비탈이 많은 곳이라 평평하고 넓은 곳이 드물다. 너와집 등 볼거리도 있었지만, 그네가 아이들에게 제일 인기가 있었다. 나무에 줄을 달아 만든 그네를 타면서 놀았다. 집에서 만들어간 빵이랑 간식을 먹으면서 달리기도 많이 했다. 넘어져도 다치지 않아서 아이들이 마음껏 뛰었다.

겨울의 울릉도는 눈이다. 부산에서는 잘 볼 수 없는 귀한 눈이 울릉도에서는 일상이었다. 발이 쑥쑥 들어갈 정도로 눈이 쌓인 내수전에 가서 눈사람을 만들고 눈싸움을 했다. 아이들은 볼이 빨갛게 되도록 눈을 가지고 놀았다. 눈을 먹어도 보고 날려도 보았다. 쌓여 있는 눈이 눈부시다는 걸 그때 처음 알았다. 눈 위에서 뒹굴고 장난치는 것도 재미있었다.

봄이 되면 산딸기를 따러 다녔다. 이때는 어머니도 같이 출동했다. 사전에 어디에 가면 산딸기가 많이 있는지 알아놓았다가 찾아갔다. 주로 신랑과 어머니가 많이 따시고 나는 아이들과 주워 먹고. 이렇게 따온 산딸기는 갈아서 조금씩 나눠 냉동실에 넣어둔다. 생각날 때마다 야쿠르트와 함께 갈아 먹으면 그 맛이 일품이다. 알갱이가 이빨 사이에 끼기도 하지만 그래도 맛있어서 괜찮았다.

이렇게 놀다 보니 한 해가 지나갔다. 그 다음해는 아이들이 커서 아들은 어린이집에, 딸은 병설 유치원에 보냈다. 다시 돌아봐도 신랑 말 듣고 울릉도에 들어가서 살았던 시간은 참 행복한 시간이었다. 신랑 뜻을 따르기 잘 했다는 생각이 든다.

부산으로 다시 돌아와서 나는 교회 부설 어린이집 교사로, 신랑은 경비하는 일을 시작했다. 아들을 데리고 어린이집을 다닐 수 있어서 좋았다. 2년쯤 지났을 때 어느 날 신랑이 대학원을 가야 하는 이유를 A4 한 장에 가득 적어서 나에게 보여주었다. 1번, 2번…. 지금은 기억이 잘 나지 않지만, 그중에 아이들이 공부하고 있으니까 엄마가 공부를 같이하는 것도 좋을 것 같다는 내용도 있었다. 가정 형편을 생각한다면 엄두도 낼 수 없는 일이었다.

나를 위해서 이런 생각을 해 주었다는 게 너무 고마웠다. 이번에도 “Yes”하고 석사과정을 시작했다. 석사과정에 입학하면서 새로 지은 건물로 이사한 어린이집의 원장을 맡게 되었다. 처음에는 경력도 얼마 안 되고 해서 할 수 없다고 거절했지만, 여러 가지 여건상 하게 되었다.

어린이집에서 아이들을 만나 보니 이 아이들을 잘 키우려면 교사뿐만 아니라 부모님들이 함께해 주어야 한다는 걸 절실히 느끼게 되었다. 대학원에서 부모교육에 대해 배울 수 있기를 기대했지만, 현실은 그냥 전공과목을 여러 개 더 공부하는 것뿐이었다. 원장이 되고 나니 더욱 부모교육이 필요했다.

부모교육을 받을 수 있는 곳을 찾다가 부모 역할 훈련(PET : parent effectiveness training)을 알게 되어 한국심리상담연구소에 전화를 했다. "부산에 살고 있는데 PET를 배우고 싶으니 강사를 소개해 달라."고 했다. 강사를 소개받아 PET를 배우기 시작했다. 물론 신랑에게 부모교육을 제대로 배우고 싶은데 해도 될까 하고 의논했다. 뭐든지 배운다는 것을 좋은 걸로 생각하는 사람이어서 단번에 그러라고 했다. 이때부터 PET를 시작해서 현실치료 상담까지 계속 배워나갔다. 한두 번으로 끝나는 과정들이 아니었다. 지도해 주시는 강사님을 따라 한 단계 마치고 나면 그다음 단계, 또 서울 연구소에 가서 며칠 머물면서 듣는 단계도 많이 있었다. 신랑도 나도 끝이 어디까지인지도 모르면서 계속 배워 나갔다.

새로운 단계 들어갈 때마다 수강료도 만만치 않았다. 그래도 한 번도 또 하냐는 말이 없었다. 부담 주는 눈치도 없었다. 이렇게 배워가면서 어린이집에서 어머니들을 만나 소그룹으로 부모교육을 진행했다. 교사들에게도 부모교육을 전하고 현실치료 상담도 전했다.

어린이집 엄마들과 부모교육을 하면 특별히 좋은 점이 있다. 아이들이 어떻게 변해가는지를 직접 눈으로 볼 수 있다는 점이다. 왜냐하면 엄마의 마음과 생각이 바뀌어서 자녀를 다르게 대하기 시작하면, 그 자녀들이 달라지기 때문이다.

이때부터 강의의 묘한 재미를 알게 되었다. 먼저 나부터 배운 것을 실천하려고 하다 보니 우리 아이들과의 관계가 좋아졌다. 좋아지는 것을 보니 다른 어머니들에도 자신있게 전할 수 있게 되었다. 강의하고 나서 힘이 빠지는 게 아니라 오히려 힘이 더 나는 것을 알게 되었다.

이 길이 나의 길인가 하면서 공부하고 가르치고 하는 중에 박사과정 입학 권유가 왔다. PET 첫과정부터 가르쳐 주신 소장님께서 박사과정을 해 보라는 거였다. 하고 싶은 마음도 있었지만, 가정 형편을 생각하니 엄두가 나지 않았다. 신랑에게 말조차 해보지 않고 있었다. 그런데 마치 내 마음을 알고 있는 것처럼 며칠 뒤 나에게 이번에는 박사과정을 시작해야 하지 않겠냐고 물었다. 참 신통방통하구나 하고 생각했다. 사실 며칠 전에 전화를 받았지만 형편상 다음 기회에 하겠다고 했다고 했다. 만일 신랑이 그냥 나를 떠보는 말이었다면 "그래 잘했다. 다음에 하자." 했을 것이다. 신랑은 공부할 때 계속하는 게 더 낫지 않겠냐고 하면서 박사과정을 가라는 거다. 형편을 봐서는 아니지만, 신랑이 가라고 하니 이번에도 "Yes"하고 박사과정에 들어갔다.

후배 강사들이 부모교육 강사 과정을 수강하면서 자주 하는 말이 남편이 언제 끝나냐고 묻는다는 것이다. 아직도 남았냐고 하면서. 이런 말을 들을 때마다 나는 할 말이 없고 감사한 마음뿐이었다. 한 번도 그런 말을 들어 보지 못했으니까. 여유가 있어도 그런 말을 한다고 하는데, 우리는 그런 형편이 아니었는데도 듣지 못했다.

늘 고맙다고 말했지만, 다시 생각해봐도 너무 고마운 신랑이다. 어떻게 그런 마음을 가졌는지 궁금하다. 옆에 있으면 물어보고 싶다. 덕분에 나는 대학원 공부든 부모교육 강사 과정 공부든 상담 공부든 부담없이 할 수 있었다. 신랑의 지지와 사랑을 받으면서 하는 공부여서 재미있게 할 수 있었다. 그때는 당연한 것으로만 생각했는데, 지금 와서 돌아보니 너무 큰 사랑을 받았구나 싶다.

결혼하면서 '신랑이 하고 싶어 하는 걸 다 하게 해 줘야지'가 나의 목표였다. 신랑이 무슨 말이든 하면 "Yes"하고 대답부터 했다. 가족을 생각해서 많은 생각을 하다가 하는 말이니까 바로 이해는 안 된다 해도 하다 보면 이해가 되겠지 싶었다. 실제로 하다 보면 거의 다 이해가 되기도 했다. 나는 이렇게 나만 신랑 말을 다 들어 주었다고 생각해 왔다.

그런데 이제 보니 신랑도 내 말을 거의 들어줬다. 이 공부를 하겠다, 저 공부를 하겠다 했을 때 바로 하라고 했다. 자주 했던 말이 "하고 싶은 대로 해라."였다. 당장 가정 형편만을 생각했다면 공부하고 싶은 거 이해하지만 다음에 하지가 나올 수 있었을 텐데. 아이들에게만 아빠 노릇을 한 게 아니고 나에게 아버지 역할을 해 준 거였다. 자주 했던 말이 "장인어른은 딸들을 왜 공부를 시키다 마셨지?"였다. 아마도 마음속으로 아내가 하고 싶어 하는 공부를 다 하도록 해 줘야지 하는 생각을 했던 것 같다.

어느 날 갑자기 신랑은 아이들에게 엄마가 공부한다고 해서 꼭 그걸로 돈을 벌어야 하는 것은 아니라고 선언을 해 줬다. 엄마는 엄마를 위해서 공부를 하는 거라고. 생각도 못했던 말을 듣는 순간 '아, 이 사람이 나를 이렇게까지 생각해 주는구나'하고 놀랐다.

신랑이 이런 말을 한 데에는 이유가 있었다. '어머니라는 사람이 대학원도 다니고 뭔가 공부도 계속하고 있는데, 우리 집 형편은 별로 나아지는 게 왜 없지?'하고 아이들이 생각할 수도 있다는 걸 안 거다. 행여라도 아이들이 이런 생각을 할까봐 미리 예방을 한 거였다. 아이들은 그런 생각 안 해봤다고 하면서 알겠다고 했다. 나는 미처 부담을 갖고 있다는 생각은 안 했지만, 앞으로 생길 뻔했던 마음의 부담이 확 내려지는 순간이었다.

존경이라는 말이 뭔지 정확히 모르면서 고백하고 시작한 결혼 생활이다. 살면서 신랑의 의견을 존중하기부터 시작했다. 신랑이 하는 말에 관한 판단은 가능한 미뤄 놓고 먼저 인정해 주기로 했다. 처음에는 생각없이 무조건 "Yes" 해야지 했다. 결혼 생활은 어차피 몸 고생을 하든지, 마음 고생을 하든지 한 가지 고생은 하는 것이니까. 나는 몸 고생을 할망정 마음 고생은 안 하는 삶을 살고 싶어 했다.

신랑이 하는 말을 다 따랐더니 돈 손해는 좀 봤지만, 신랑의 마음은 얻었다. 결국 남는 장사를 한 셈이다. 나중에는 신랑이 내 말을 들어줬다. 하고 싶어도 하지 못하고 망설이며 말 못하는 내 말까지도 들어줄 정도가 되었다. 그러면서 우리 부부는 서로가 실패하는 경우가 생겨도 상대방을 비난하거나 탓하지 않았다. 가끔 일자리를 구하느라 집에서 쉬고 있는 신랑을 보면서도 원망하는 마음이 들지 않았다. 당사자는 나보다 더 마음이 힘들 테니까. 신랑이 있다는 자체만으로 감사했다. 신랑 역시 나에게 잘 하든 못 하든 사랑해주고 지지를 보내줬다.

이렇게 서로 존중하며 사랑하며 살다 보니 싸울 일이 없었다. 부부끼리 어떻게 안 싸울 수 있냐고 묻는다면 나는 "No"다. 존중하며 사랑하며 살기도 아까운 시간을 싸우면서 보내야 하겠는가? 존중받고 싶다면 먼저 존중하자. 사랑받고 싶다면 먼저 사랑하자. 더 큰 존중과 사랑으로 반드시 돌아온다.

가족이란 과연 무엇일까요

문자가 왔다. "어머니, 가족이란 뭐라고 생각하시나요?" 가족학 첫 수업 시간에 교수님이 던지신 질문이라고 딸이 보냈다. '가족이 뭐지?'하고 잠시 고민하다가 답장을 보냈다. '언제나 내 편이 되어 주는 사람들', '나를 있는 그대로 언제나 수용해 주는 사람들', '세상 살아가면서 언제든 비빌 수 있는 대상' 등. 이때서야 알았다. 나에게 가족이 어떤 의미인지를.

교회 부설 어린이집의 원장을 맡아 일하면서 박사과정에 입학했다. 신랑의 권유로 가정 형편 무시하고 내린 결단이다. 담당 목사님께도 말씀을 드렸더니 해 보라고 하셨다. 어린이집으로서는 반대할 수 있다고 생각했다. 아무래도 학교 가느라 일찍 퇴근해야 하는 날이 생기게 되니까 반대하시면 포기하려고 했다.

결혼 후 신랑으로부터 배운 것 중 하나가 순리대로 사는 삶이다. 무리해서 뭔가를 하는 것은 욕심이라는 걸 배웠다. 물 흐르듯이 순리를 따라 주어진 환경에서 할 수 있는 것을 하는 게 자족하는 삶이라는 걸 알게 되었다. 이렇게 마음을 먹었는데 감사하게 할 수 있게 되었다. 내 인생에서 오십이 넘어서도 계속 공부를 하고 있을 거라고는 생각도 못했다.

인생이 자기 생각대로만 되는 게 아니라는 것은 나쁜 일 뿐 아니라 좋은 일도 마찬가지다. 또 교회에 말할 수 있었던 것은 내가 공부를 함으로써 선생님들과 학부모님들에게도 도움이 될 거라는 확신이 있어서였다. 학교 다니는 동안 조금 피해가 되더라도 마치고 나면 어린이집을 위해 더 열심히 일해서 갚아드리려는 생각이었다.

막상 학교에 다니기 시작하니 어려운 문제들이 하나씩 하나씩 생기기 시작했다. 그것도 하필 학교 가고 없는 날 학부모님들과 선생님들 사이에 문제들이 생겼다. 결국 학업을 중단하든지, 어린이집을 그만두든지 결정하라는 얘기가 나오게 되었다. 처음에 내가 하게 된 생각은 당연히 학교를 휴학해야지, 어린이집을 그만두면 우리 집 경제는 어떡하라구 였다. 신랑은 밤에 서는 경비일을 5년째 하고 있었다. 한 사람 수입으로는 감당하기 너무 힘들었다.

집으로 돌아와 신랑과 의논을 했다. 아무래도 학교를 그만두어야겠다고 얘기를 꺼냈다. 신랑도 형편상 어쩔 수 없다고 할 줄 알았다. 그런데 어린이집을 그만두는 게 좋지 않겠냐고 했다. 뜻밖의 말에 깜짝 놀랐다. 지금 공부하던 걸 그만두면 다음에 언제 할 수 있겠냐는 거였다. 아 그런가? 그럴 수도 있겠네.

그때야 비로소 반대로 생각을 해 보게 되었다. 하긴 뒤늦게 시작한 공부인데 지금 그만두면 다시 하기 어렵다는 게 맞는 말일 것 같았다. 지도 교수님께 얘기해 봐도 같은 이야기였다. 정말 어린이집을 그만둬야 되는 건가? 처음 일하기 시작해서 기쁘고 감사한 마음으로 즐겁게 아이들과 학부모님들을 만나고 있었는데…. 어린이집 아이들이 커 가는 것을 계속 볼 줄 알았는데 너무 아쉬웠다.

어느 정도 마음이 정해지는 가운데 우리 집 아이들에게 물어 보기로 했다. 나 혼자 문제가 아니니까. 엄마가 일을 그만두면 아이들에게도 영향을 미치는 것이니까 의논하고 싶었다.

"엄마가 학교와 어린이집 둘 중 하나를 선택해야 하는데, 너희들은 엄마가 어떻게 했으면 좋겠어?"

"엄마가 하고 싶은 대로 해!"

"응, 나도 엄마가 하고 싶은 거 했으면 좋겠어!"

"그래도 엄마가 일을 안 하면 우리 집이 경제적으로 좀 더 힘들 수 있어서"

"괜찮아~"

딸과 아들이 똑같은 대답을 해서 또 놀랬다. 아이들이 나를 위해 주고 있다는 것을 절실히 알게 된 순간이었다. 이때 신랑이 자기 소망을 이야기했다. 자기는 나중에 꼭 책을 쓸 거라고 했다. 책 제목은 ≪세 박사 만들기≫라고 했다. 제일 먼저 아내인 나부터 박사가 되어야 아이들이 차례로 박사가 되어서 세 박사 만들기 프로젝트에 성공할 수 있다고. 우리 가족은 아빠의 이 말에 모두 '하하하' 하면서 웃었다.

그래 우리 꼭 박사 되자면서 의욕을 불태웠다. 아이들은 자기들은 무슨 박사를 해야 하냐면서 즐거운 고민을 했다. 내가 원하는 것을 하라고 지지해 주는 가족이다. 내가 한 선택을 존중해 주는 것 같아서 마음이 든든했다. 참, 이 날 내가 신랑한테 세 박사 말고 네 박사를 하자고 했다. 그랬더니 그러면 책을 못 쓰게 되니까 안 된다고 한다. 세 박사 만들기가 딱 좋다고.

우리 집 뒤편에 봉래산이 있다. 영도는 가운데 솟아나 있는 봉래산을 중심으로 밑으로 내려오면서 집들이 세워져 있다. 신랑은 젊었을 때부터 등산을 좋아했다. 지리산, 설악산 등을 친구들과 많이 다녔다고 한다. 결혼 전에는 금정산을 걸어서 올라가고, 뛰어서 내려왔다고 한다. 밤 근무를 하고 아침에 집에 와서 우선 산부터 갔다 온다. 그렇지 않으면 운동을 할 수 없어서이다. 우리 아이들은 어렸을 때는 가끔 아빠를 따라 봉래산에 올라갔었다. 오직 한 가지 기쁨을 위해서. 정상에 올라갔다가 내려오면서 어묵 맛에 사로잡혀 힘들다 하면서도 산을 따라 올라갔다.

어느 해 봄에는 진달래꽃을 따서 집으로 가지고 왔다. 깨끗이 씻어서 물기를 빼고 찹쌀 반죽으로 화전을 만들어 담임 선생님들께 보내드린 적도 있었다. 보육교사로 일할 때는 가을마다 비닐봉지를 하나씩 들고 산에 올라가 낙엽을 주워왔다. 어린이집에 가지고 가 아이들과 낙엽으로 놀이도 하고 만들기 재료로 쓰기도 했다.

항암 치료를 한 지 2년 차에 들어선 가을에 신랑은 국립공원 산장들을 계속 검색했다. 그러다가 지리산 장터목 대피소에 자리가 있는 것을 찾았다. 지리산 천왕봉에 같이 가면 좋겠다고 했다. 많이 가고 싶어 하는 게 보였다.

딸은 고 2라 시간이 안 된다고 했다. 아들은 중 2였다. 아들에게는 선택의 여지가 없었다. 침낭과 배낭을 메고 가 줄 사람이 아들밖에 없었기 때문이다. 신랑은 암세포가 척추로 많이 전이되어 걷기조차 힘들어 했다. 내가 짐을 메고 가는 데는 한계가 있어서 아들이 싫다고 하면 갈 수 없는 상황이었다. 한참 게임에 빠져서 시간만 나면 컴퓨터 게임을 할 때였기에 반신반의했다. 과연 간다고 할까? 짐이 너무 많고 무거울 텐데. 살도 많이 빠지고 머리도 많이 빠진 아빠와 함께 가는 걸 부끄러워하지 않을까? 안 가겠다고 하면 어떡하지, 억지도 데리고 갈 수는 없는데. 정말 기도하는 마음으로 아들에게 얘기를 꺼냈다. 아들은 천왕봉 얘기를 듣더니 잠시 생각을 한 뒤 "가죠"라고 했다.

드디어 말로만 듣던 지리산 천왕봉을 향해 출발했다. 아무리 짐을 줄이고 줄여도 등산용 큰 배낭과 침낭 하나(신랑은 허리가 많이 아파서 맨 바닥에서 잘 수가 없었다)였는데, 이건 아들이 메고, 나도 작은 배낭을 하나 멨다. 산 근처 마을 입구에 차를 세우고 배낭을 메고 대피소까지 올라갔다. 거리는 그리 멀지 않았지만, 산이 가팔라서 시간이 오래 걸렸다. 아들이 싫은 얼굴 하지 않고 묵묵히 배낭을 메고 잘 올라갔다. 신랑도 작은 배낭이라도 메겠다고 해서 하나 메고 살살 따라 올라갔다. 아픈 사람은 신랑이지만 그분은 의지력으로 산을 잘 올라갔지만, 정작 문제인 사람은 나였다. 얼마 올라가지 않았는데 벌써 숨이 차고 다리가 아프기 시작했다. 그러더니 조금 더 가서는 다리가 점점 더 무거워졌다.

신랑과 아들이 앞뒤로 잡아주고 밀어주고 하면서 대피소에 올라가니 벌써 해가 지고 있었다. 해가 그렇게 빨리 넘어가고 바로 어둠이 오는 줄 몰랐다. 대피소는 1층이 남자, 2층이 여자용으로 되어 있었다. 우선 짐을 내려 놓고 저녁 식사 준비를 했다. 물이 나오는 곳은 좀 떨어져 있었다. 물을 떠 가지고 와서 김치찌개를 끓이고, 햇반을 데우고 해서 저녁을 먹었다. 산 위에서 먹는 밥이라 맛도 있었지만, 배가 고파서 더 맛있었다. 설거지도 대충 얼른 하고 나니 깜깜해지면서 추워졌다. 바람까지 불고 추워서 밖에 있을 수 없어서 대피소로 들어왔다.

헤어지면서 괜찮냐고 물어보니 신랑은 괜찮다고 했다. 재미 좋다고 하면서. 뭐가 괜찮을까. 허리와 엉덩이 쪽 통증이 심해서 빨리 걷지도 못하는데. 표적치료제를 먹는 항암이어서 간단했지만, 항암 부작용으로 얼굴과 머리에 발진이 심했고, 몸에도 발진이 일어났다. 마스크로 얼굴을 가렸을 때는 잘 모르지만, 마스크를 벗으면 아픈 사람 표가 났다. 아들은 아빠와 함께 1층 숙소로 들어갔다. 아들에게 "아빠를 잘 부탁해."하고 나는 2층으로 올라와서 누웠다. 9시부터 누우니 잠이 잘 오지 않았지만 뒤척이다 잠들었다. 밤새 신랑이 너무 힘들지 않기를 기도하면서.

다음날 일찍 일어나 아침 상봉을 하고 아침밥을 챙겨 먹고 바삐 산행을 시작했다. 밤새 대피소에는 사람들이 더 많아졌다. 외국인 학생들이 단체로 왔는데 거의 평상복 차림으로 왔다. 대단하다는 생각밖에 안 들었다. 우리나라 사람들은 장소에 맞게 옷 입는 것을 중요하게 생각하지만, 그들은 옷보다 자기들이 더 중요한 것 같았다.

바람까지 불면서 안개가 심한 아침이었다. 천왕봉까지 올라가는 길은 정말 진도가 잘 안 나갔다. 아들은 별로 많이 힘들어하지 않으면서 잘 올라갔고, 신랑은 중간중간 쉬면서 또 잘 올라갔다. 두 사람이 가는데 나도 가야 해서 간신히 따라 올라갔다. 과연 천왕봉까지 갈 수 있을까에 대해 의심하면서 한 발 한 발 내딛다 보니 드디어 정상에 도착했다.

산 정상이 이렇게 위험한 곳도 있다니. 정상은 무척 좁았고 바람과 안개가 많이 몰려와서 금방이라도 쓰러질 것처럼 위험했다. 천왕봉이라 쓰여 있는 돌비를 만져보고 사진 찍고 바로 하산하기 시작했다. 다시 대피소까지 내려오는 동안 중간중간에서 아들이 나를 기다려줬다. 너무 처지면 못 따라올까봐 앞서가다가 멈춰 기다려줬다. 어디선가는 나를 앞세우고 뒤에서 따라오기도 했다. 대피소에 도착해서 다시 배낭을 메고 마을로 내려왔다. 아들은 어깨가 정말 많이 아팠을 텐데 짜증도 안 내고 내려왔다.

앞서 내려가는 모습을 보면서 마음속으로 다짐했다. ‘아들아 네가 얼마나 좋은 사람인지 알겠어. 앞으로 네가 하는 일에 엄마가 이래라저래라 안 할게. 이렇게 힘든 산행을 견디는 사람한테 뭘 요구하겠니.'

신랑이 많이 아프기 시작하면서 어쩔 수 없이 표가 많이 났다. 그러다 보니 아이들이 아빠를 부끄러워 할까봐 마음이 많이 쓰였다. 나는 그래도 신랑이 이쁘지만, 아이들도 아빠를 계속 따뜻하게 봐 줄까 걱정을 했었다. 아프기만 한 게 아니고 점점 더 나빠지기도 했으니까 불안해서 짜증이 날 수도 있을 것 같았다. 그런데 간혹 아빠랑 같이 안 나가려고 한 때가 있기는 했지만, 그전과 별차이 없이 아빠를 대해 줬다.

아들이 지리산에 같이 가 줘서 신랑도 나도 너무 고마웠다. 아빠에게 힘을 실어주는 것 같았다. 아니 아빠에게 삶의 의미를 더해 주는 거였다. 그 해 가을 · 겨울에 암세포가 머리로 많이 전이되어 감마나이프 시술을 여러번 했지만, 신랑이 잘 견뎌주었다. 아빠와 엄마에게 아들이 보여 준 사랑이 너무 크고 감사했다. 아들을 잘 키웠다는 안도를 할 수 있었다. 앞으로 걱정 안 해도 잘 자라겠구나 하는 확신이 들어 우리 부부는 행복했다.

가족 하면 떠오르는 영화 중에 톰 행크스가 주연으로 나오는 〈필라델피아〉가 있다. 변호사인 아들이 동성애자가 되어 AIDS로 죽게 되는 내용이다. 앞의 내용은 잘 기억이 안 나지만 끝부분은 아직도 기억이 난다. 아들의 임종이 다가왔을 때 아들의 동성애자 상대인 남자가 집으로 와서 가족들과 함께 끌어안으면서 울었다. 만약 나라면 너 때문에 우리 아들이 AIDS가 걸려서 죽게 되었다고 퍼붓고 원망하면서 집에 들어 오지도 못하게 했을 것이다. 그런데 슬픔을 같이 나누고 있다니. 아, 저게 가족이구나. 아무리 AIDS에 걸려도 사랑하는 아들이고, 사랑하는 아들이 사랑했던 남자도 가족으로 받아주는 거구나. 변호사로 잘 나갈 때는 내 아들, AIDS 환자일 때는 내 아들 아니다가 아녔다.

가족은 언제나 내 편이 되어 주는 사람이다. 그렇다고 무조건 다 잘했다고 해 준다는 이야기는 아니다. 잘잘못을 떠나서 언제나 감싸 줄 수 있는 사이다. 아픈 아빠를 변함없이 사랑하고 따라주는 아이들, 일을 그만둔다는 엄마를 지지해주는 아이들. 이 아이들이 내게 삶의 의미이고 언제나 내 편인 가족이다. 내가 받은 사랑을 돌려줘야겠다. 잘 못 해도 괜찮고, 실패해도 괜찮아. 엄마는 언제나 너희들 편이야.

소중한 사람들과 오늘을 살아간다

요즘 우리 집에는 날마다 하모니카 소리가 들린다. 지난 3월부터 하모니카를 배우기 시작하신 어머니께서 연습하시는 소리다. 처음에는 잘 따라가실 수 있으실까 걱정을 했다. 하모니카나 우쿨렐레를 배우고 싶다고 계속 말씀을 하셨는데, 알아볼게 하고서는 그냥 넘어갔었다. 급한 문제가 아니라고 생각하고 듣고 넘겨버렸다.

그러다 길가에 걸려 있는 영도문화원 수강 안내 현수막을 보고 전화번호를 알려 드렸다. 여기까지만 해 드리면 그다음부터는 어머니께서 나보다 더 잘 하실 수 있다는 것을 알고 있기 때문이다. 어머니께서는 바로 전화로 신청하셨다. 우쿨렐레는 사람 수가 적어서 안 되고 하모니카만 신청되었다고 한다. 하모니카는 오래 해 오시는 분들도 계시고 처음 배우러 온 분들도 있어서 그냥 따라가면 되겠다고 하셨다.

첫날부터 나는 걱정이 기우였음을 알게 되었다. 저녁에 어머니께서 오늘 배운 거라면서 도레미파~ 계 이름을 다 부셨다. 하모니카는 "도 · 미 · 솔 분다, 레 · 파 · 라 · 시 마신다."라고 설명까지 해 주시면서 부시는데, 처음 하시는 분치고 너무 잘 하신다. 그러시면서 "재밌다, 재밌다" 하신다. 나와 같은 다혈질이신 어머니도 재미있는 것을 늘 찾는 분이라는 걸 다시 깨달았다.

일흔 중반을 넘으면서 새로운 것을 배우는 것을 겁내시는 게 아니라 새로운 것을 배우는 게 재미있다니. 나도 나이가 들어 그때까지 살아 있다면 새로운 것을 계속 배우고 싶어 할까? 현재의 마음 같아서는 조금은 가능성이 있어 보이기는 하지만 장담할 수 있을지는 모르겠다. '어머니만큼의 열정이 나에게도 있을 거야' 하면서 조금은 기대를 해 본다.

자녀들을 위해 희생하지 않으시는 어머니가 세상에 어디 있겠는가. 어머니의 희생으로 자녀들이 태어나서 자라고 어른이 되어가는 것이다. 그렇지만 일흔이 넘으신 연세에 집안일을 해 주시는 어머니를 둔 자녀들은 많지 않을 것이다. 그렇게 보면 나는 복 받은 사람이 분명하다. 거기다 어머니께서 그동안 관절염으로 고생하셨지만, 요즈음에는 예전보다 오히려 더 나아지셨다. 아쿠아를 다니시면서 좋아지셨고, 파스대신 스포츠 테이프를 쓰시면서 더 좋아지셨다. 드시는 약이 아무것도 없다. 이 점은 주변의 모든 분이 부러워하시는 거다. 즐겁게 사시고 식사 잘 하시고 운동하시고, 거기다 집안일까지 해주시면서 건강하시니 뭘 더 바라겠는가.

어머니께서 이렇게 건강을 유지하시면서 지내실 수 있는 근본적인 힘은 신앙 생활에서 나온다. 날마다 새벽기도를 가신다. 집이 교회 바로 옆이어서 자청해서 교회 문을 여시는 것을 맡으셔서 시작 시간보다 훨씬 일찍 가셔서 문을 여신다. 기도 내용에는 나라와 교회와 교회 식구들이 들어 있고, 우리 가족들이 들어 있을 거다. 교회에서 맡기신 시니어 목장 목자를 하나님께서 주신 사명으로 알고 섬기고 계신다. 주중에는 목원들 기도로 안부 물으시고 필요한 경우 심방도 다니신다. 어머니께서 이렇게 하시는 데에는 돌아가신 아버지의 부탁이 있었다. 아버지께서 돌아가시기 전 어머니에게 교회 무보수 심방 전도사로 섬겨 달라고 당부하셨다. 아마도 아버지께서는 어머니가 이 부탁을 기쁨으로 받아 섬길 거라는 것을 아신 것 같다.

교회 안에서는 우리 어머니를 신앙의 롤 모델로 삼는다는 집사님들이 더러 있다. 나 역시 어머니처럼 나이가 들어도 신앙 생활이 시들지 않는 그런 사람이 되고 싶다. 집안일로 힘드신 어머니께 감사하고 미안하다고 하면 이거라도 할 수 있어서 감사하다고 하신다. 무슨 일이든지 즐겁게 하시는 모습이 정말 존경스럽다. 가족들만 바라보고 수고하시는 어머니의 모습은 자녀들에게 부담스러울 수도 있다. 오히려 자신의 시간도 즐기시면서 당신부터 행복해 하시는 모습이 보기에도 너무 좋다.

어머니께서 이렇게 건강하고 즐겁게 지내주셔서 다른 부담없어 내가 하는 일에 매진할 수 있다. 늘 감사할 뿐이다. 내일 아침에는 뭘 먹겠는지 물어보시고 잠자리에 들어가시는 어머니. 나중에 어머니께서 편찮으시게 되면 그때는 그동안 받은 사랑으로 내가 어머니를 잘 모셔드려야지 하고 다짐한다.

“엄마, 아빠가 꿈속에 나타났어.” 자다가 아빠 꿈을 꾼 딸이 “아빠 보고 싶어”하면서 울었다. 딸 아이를 안고 함께 울었다. 엄마도 아빠가 보고 싶다고 하면서.

한 번 잠들면 눈 뜨면 아침인데 그날 밤은 자다가 울음 소리에 잠을 깼다. 딸은 꿈에 아빠가 나타나서 너무 좋았다고 한다. 그래서 깨어 일어나서 바로 기도를 했단다. 꿈에 아빠를 보게 해 주셔서 감사하다고. 나는 두어 번 신랑 꿈을 꾸었지만 자다 깨서 감사 기도를 해야겠다는 생각은 하지 못했다.

그날 밤 신랑 생각이 다시 나면서 우리에게 얼마나 소중한 사람이었는지를 기억했다. 추억했다는 말이 더 맞을 것 같다. 자기 전에는 가끔 아빠 이야기가 나오면 같이 운 적은 있었지만, 자다가 깨서 운 것은 처음이었다. 때로는 아빠와의 추억을 웃으면서 이야기도 하지만, 아직은 우리에게 슬픔과 그리움, 안타까움으로 눈물과 함께 이야기한다.

49살에 아버지가 돌아가신 싱글인 선생님을 알고 있다. 그 선생님이 아버지가 돌아가신 후 좀 힘든 시간을 보내고 있다는 이야기를 어느 날 딸에게 했다. 딸의 대답을 듣고 우리는 같이 웃었다. "엄마, 그 선생님께 전해줘. 18살에 아빠가 돌아가신 아이도 있다고." 아빠에 대해서 울고 웃으면서 얘기하면서 추억할 수 있어서 다행이다. 이렇게 얘기를 하고 나면 다시금 그동안 신랑으로부터 받았던 사랑이 내 몸에 흐르는 것을 느낄 수 있다.

아빠와 기질이 비슷하고 나와는 정반대인 아들과 나는 요새 서로를 더 돌보면서 지내고 있다. 여기서 돌본다는 말은 정서적으로 돌보는 것을 뜻한다.

지난주 월요일 아침이었다. 아들은 고등학교 기숙사 생활을 하므로 월요일 아침에 짐을 챙겨 들고 간다. 책가방도 캐리어도 매우 무겁다. 그날 아침은 비도 와서 현관에서 운동화를 신을 때 짐이 너무 많아 도와주고 싶었다. "내가 우산 들어줄까?"했더니 "어머니 제가 할게요." 나는 내밀었던 손을 얼른 치우면서 잠시 얼음이 되었다. 맞다. 이 아들은 자기 일은 자기 스스로의 힘으로 하고 싶어 하는 아들이었지. 도움을 요청할 때 도와줘야 하는 아들이었지. 아차 내가 잘못했구나. 머리로는 이렇게 생각하면서도 마음 한쪽에서는 서운함이 살짝 밀려 왔다.

그순간의 공기는 잠시 냉랭했다. 아들은 운동화를 다 신고 현관문을 나서면서 돌아보면서 "어머니 다녀올게요."하면서 손을 흔들어주었다. "그래, 잘 다녀와, 사랑해." 양손을 흔들고 웃으면서 아들을 보냈다. 아, 아들이 많이 컸구나. 상처받은 엄마의 마음을 알아주는구나. 예전 같으면 알면서도 본인도 감정이 안 좋으니까 서로 그냥 냉랭하게 끝냈을 텐데. 나는 아직도 거절에 미숙하게 대처하는 내 모습을 보면서 이런 나를 돌봐준 아들에게 너무 고마웠다.

그러고 보니 신랑이 있었을 때는 아들과 가끔 감정이 상해서 말을 안 하기도 한 순간들이 있었다. 서로가 화가 났다고 표시를 내는 거였다. 그러다 더 심하면 야단을 칠 때도 있었다. 그러면 하루이틀 더 감정이 이어졌었다. 그런데 신랑이 우리 옆에 없게 되면서 아들과 큰 소리 나는 상황이 없었다. 아들이 그런 상황까지 몰고 가지 않았다. 짜증을 낸 적이 거의 없었다. 오히려 서로가 더 잘 지내려고 노력하였다. 만약 신랑이 이 모습을 봤으면 더 마음이 놓였을 것이다.

아들은 내 성숙의 바로미터와 같은 존재이다. 상대방에 대한 배려가 내 기준이 아니라 상대방의 기준이어야 한다는 것을 알게 해 주는 대상이다. 이 날도 아들을 통해서 상대방이 원하는 것을 한 번쯤 생각하면서 대해야 한다는 것을 알게 되었다. 순간 상처받은 엄마의 마음을 헤아려 준 배려를 받으면서 아들에게 고마웠다.

딸과 손주들을 위해 지금도 수고해 주시는 어머니 덕분에 오늘도 살고 있다. 만약 어머니가 계시지 않으셨다면 나는 힘든 시간을 견디기가 더 힘들었을 것이다. 어머니는 아버지를 보내 보셔서 내 마음을 잘 이해해 주셨다. 남편을 먼저 보내시고 많이 슬퍼하셨지만, 슬픔을 견뎌내시는 어머니의 모습을 봐왔다. 어머니처럼 하루하루를 살아야지. 고마운 어머니께 앞으론 좀 더 잘 해 드려야겠다는 생각을 한다. 아직도 한 번씩 어머니께 짜증 섞인 말을 뱉을 때가 있으니 말이다.

딸과 아들로부터는 받는 사랑이 더 많은 것 같다. 나도 아이들이 안쓰러울 때가 있는데, 아이들은 엄마를 더 안쓰러워하는 것 같다. 이런 사랑이 너무 감사하다. 우리는 아빠를 보내면서 가족이 얼마나 소중한지를 알게 되었다. 언제까지나 함께할 수 없다는 진리를 경험했다. 함께 있는 시간이 얼마나 소중하고 감사한지도 알게 되었다. 이 사랑의 힘으로 각자에게 주어진 하루하루를 살아가고 있다.

아이들에게 아빠의 사랑을 새롭게 추가해 줄 수는 없다. 그러나 그동안 받았던 사랑을 그리움과 함께 추억할 수는 있다. 아빠랑 함께했던 시간, 아빠랑 같이 갔던 장소들, 이렇게 우리를 사랑해 줬었지. "한평생 받을 사랑을 그동안 다 주고 가셨다."고 아이들은 말한다. 나 역시 마찬가지다. 사위를 먼저 보낸 장모님도 이번 생신 때 작년에 사위가 만들어줬던 케잌 사진을 다시 보여 주신다. "우리 조서방 보고 싶다." 하시면서. 소중한 사람으로 우리 마음속에 남아 있다. 신랑의 마음에도 우리가 소중한 사람으로 들어가 있을 것이다.

세상에서 가장 소중한 사람이 누구냐고 물어보면 대부분 자식이거나 부모님이라고 대답할 것이다. 사랑을 받아서이기도 하지만 사랑을 줄 수 있어서이다. 사랑은 받을 때보다 줄 때 더 행복하다는 말은 언제나 들어도 맞는 말이다. 사랑을 줄 수 있을 때 마음껏 주자. 사랑을 주고받으면서 서로를 더 소중히 여기자. 가족이 언제까지나 함께할 수 없다는 것을 겪고 나니 오늘 함께하는 게 얼마나 감사한지 알게 되었다. 소중한 가족과 오늘 사랑과 행복을 나누면서 살아야겠다.

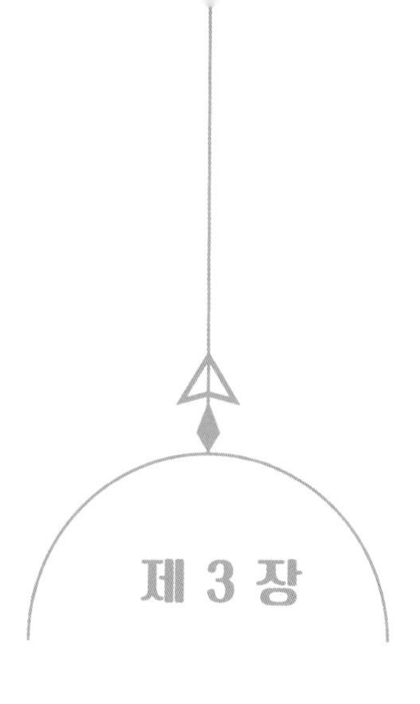

제 3 장

지금 우리는

질주하는 삶을 잠시 내려놓고

오늘 집으로 돌아오는 길에 신호가 황색으로 바뀌는 것을 보면서 사거리를 건넜다. 내 뒤로 차가 두 대가 따라왔다. 속으로 '나는 건널 수 있지만, 저 사람들은 너무 심한거 아냐? 내가 안 건너오고 정지했으면 큰일 날 뻔 했겠네' 하면서 합리화시켰다. 나는 언제부터 황색 신호에 직진했었지? 예전에는 황색 신호는 정지 신호야 하면서 신호를 지키려고 애를 썼는데. 그러고 보니 얼마전부터 웬만해서는 멈추지 않고 건너가기 시작했다. '이제 황색 신호로 바뀌었으니까 가도 돼' 하면서 가고 있다. 내 안에 있는 질주하고 싶은 본능이 다시 올라 온 것 같다.

결혼 전에는 횡단 보도의 신호가 깜빡일 때는 뛰어서 무리해서 건너가는 게 당연하다고 생각했다. 더 빨리 움직여서 잡을 수 있는 기회는 잡아야 한다고. 막 출발하는 버스는 뛰어가서 잡아서 타야 했다. 이렇게 항상 서두르다 보니 가끔 넘어지기도 하고, 발목을 삐기도 했다. 한마디로 앞만 보고 달릴 때가 많았다. 그러면서도 뭐가 문제인지에 대해서는 생각해 보지 않았다. 그러다 결혼한 다음 신랑을 보니 매사에 찬찬히 움직이는 사람이었다. 횡단 보도의 신호가 깜박이면 무리해서 뛰어가지 않는다. 왜 안 뛰냐고 물으면 다음에 건너가면 된다는 거다.

원래 우리의 속도대로 걷다가 횡단 보도 앞에 서면 다음 신호를 기다리게 되었다. 기다리면 자연스럽게 주변을 둘러볼 수 있다. 다른 사람들의 모습과 주변 모습을 볼 수 있고, 신랑과 여유있게 이야기도 할 수 있게 되었다. 모든 사람이 나처럼 뛰어다니고 있지는 않는다는 걸 그때야 알았다. 서두르지 않으니 다칠 위험도 줄어들었다. 무엇보다 마음의 여유가 생겼다. 다음 신호에 건너가면 된다. 몸이 바쁘지 않으니 마음도 바쁘지 않게 되었다.

이십 대에 서울에서 직장 생활을 할 때 지하철 2호선과 1호선을 갈아타는 시청역에는 한동안 푸시맨이 있었다. 지하철을 타야 할 사람이 너무 많아 들어갈 수 없을 때 푸시맨이 말 그대로 푸시해서 밀어 넣어 주었다. 그러면 간신히 끼여 타고 갈 수 있었다. 그 지하철을 타야 회사에 지각하지 않을 수 있고, 기다려 봐야 다음 지하철도 어차피 또 복잡하니까 무조건 빨리 타는 게 나았다.

억지로 밀어서 탈 정도가 되면 그 안의 모습은 상상이 될 것이다. 몸을 조금도 움직일 수 없고, 다른 사람들과 뼈와 뼈가 부딪히는 경험을 하게 된다. 차 안에 타고 있던 사람이 내리려면 사람들을 뚫고 나가야 하는데, 어쩔 수 없이 밀면서 앞으로 나가야만 했다. 그렇게 해서라도 내릴 수 있으면 '휴 다행이다, 오늘 운이 좋았다' 하면서 내렸고, 가끔은 미처 내리기 전에 사람들이 타서 한 정거장 더 가서 내릴 때도 있었다. 이 이야기를 우리 아이들에게 했더니 "왜? 왜 그렇게 탔어?" 하면서 이해가 안 된다는 표정을 지었다.

우리나라에서는 무한경쟁을 하면서 살아가야 한다. 학교에서 늘 들었던 대로 국토는 좁은데 인구가 많으니 경쟁할 수밖에 없다고 한다. 아이들이 태어나서 어린이집 갈 시기가 되면 국 · 공립 어린이집에 들어가기 위해 대기하기 시작한다. 해마다 출산율이 급격히 줄어들고 있지만, 국 · 공립 어린이집의 수는 부족하기 때문이다.

여기서부터 경쟁이 시작된다. 유치원도 마찬가지다. 병설 · 단설 유치원을 들어가기는 더욱 어렵다. 내가 사는 지역의 병설 유치원은 대기자도 받지 않는다. 아이가 한 명 나가서 자리가 생기면 그때 제일 먼저 연락 온 어머니한테 기회가 주어진다. 그 유치원에 들어 가고 싶어 하는 어머니들은 수시로 유치원에 전화해서 자리가 났는지 물어봐야 한다. 선생님들도 어머니들도 할 짓이 못 되는 것 같다. 중 · 고등학교에서부터 아이들은 본격적으로 무한경쟁을 시작한다. 오로지 목표는 대학 입시다.

이제는 일류 대학이라는 말도 잘 쓰지 않는다. 인(in) 서울 Top 10이라고 말한다. 서연고~ 10개 대학을 몇 개 층으로 나누어 서열을 세워 놓았다. 전국의 수험생들은 이 학교에 들어가려고 정말 죽을 힘을 다해 공부한다. 딸이 고 3이 되고서야 이런 게 있다는 사실을 처음 알게 되었다. 어렵게 어렵게 대학에 들어가면 입학의 기쁨은 잠시이고 바로 이어서 취업 걱정을 하기 시작한다. 이번에 입학한 딸도 4월이 되자 취업을 어느 방향으로 해야 할지 얘기하기 시작했다.

취업 문은 대학 문보다 더 좁다. 대학 생활도 예전보다는 더 오래 한다. 스펙을 쌓기 위해, 또 졸업 전에 취업하기 위해서 마지막 학점을 남겨둔다고 한다. 이렇게 힘들게 취업까지 하고 나면 이제부터는 직장에서 살아남기 위해 다시 질주한다. 이제 결혼이 필수인 시대가 아니다. 비혼을 원하는 사람들은 자기가 하는 일에 올인한다. 결혼을 한 사람들은 일과 가정을 위해 더 애를 쓰기 시작한다. 직장에서 살아남기 위해서, 가족들을 먹여 살리기 위해서 아빠도 엄마도 모두 몸도 마음도 돌보지 않고 일한다. 가족이 소중하지만 일을 해야 가족도 살 수 있으니까.

한 제약회사 광고가 전 국민을 웃게 하고 슬프게도 했다. 아침에 허겁지겁 바쁘게 출근하는 아빠를 보면서 엄마 품에 안겨 있는 딸이 손을 흔들며 인사를 한다. "아빠, 또 놀러 오세요." 아빠는 '헉' 하는 표정으로 아이를 바라본다. 아빠는 사무실에 출근해서 파이팅을 외친다. "아자, 오늘은 야근 없다." 야근 없이 일찍 퇴근하고 집으로 들어오면서 아빠가 외친다. "아빠 놀러 왔다." 그러고 아이랑 오랫만에 같이 놀아주기 시작한다. 아빠랑 놀다가 아이가 던지는 한마디 "내일 또 놀러 와."

그래도 이 가정은 다행이다. 많은 아빠가 반성하면서도 광고니까 가능하다고 할 것이다. 야근하기 싫다고 안 할 수 있는 거냐고 볼멘 소리할 것이다. 이제는 아빠의 육아휴직을 의무적으로 시행하겠다는 것을 광고하는 시대이다. 대부분 직장에서는 육아휴직은 승진을 내려 놓고 쓰는 것으로 알고 있다. 직장도 중요하지만, 내게는 가정이 더 중요해, 가족이 더 소중해 하면서. 아빠들의 육아휴직 의무제는 승진에 부담은 없는지? 아예 자녀를 낳지 않으려고 하는 부작용은 없는지가 궁금하다.

부모는 아이들을 어릴 때만 키우는 것이 아니다. 평생을 살면서 아이들이 어떻게 자라가고 있는지, 어떻게 살아가고 있는지 꾸준히 지켜 봐 주어야 한다. 아이들을 돌보는 마음의 여유를 가지게 되면 자연스럽게 자기 자신을 돌보는 여유도 생긴다.

부모가 되기 전에는 나 자신이 꽤 괜찮은 사람인 줄 착각했었다. 사람들과 두루 잘 지내고 친구들도 많이 있고 하니까 이 정도면 괜찮은 성품…. 그러나 막상 아이들을 낳아 키우면서 보니 내 안에 어린아이같은 모습이 끊임없이 드러나는 걸 보게 된다. 아이들이 어렸을 때는 신랑과 같이 장사를 하면서 키웠기에 잘 보지 못했다. 일이 바쁘다는 핑계로 먹고 입히는 데에만 신경을 썼다.

초등학생이 되고 나서야 아이들을 조금씩 볼 수 있게 되었다. 먹고 입히는 것만으로는 아이들을 키울 수 없다는 걸 알게 되었다. 아이들의 몸을 돌보면서 마음도 함께 돌봐줘야 한다는 것을 알게 되었다. 그런데 아이들 마음에 관심을 갖다 보니 내 마음에서 모든 문제가 출발한다는 것을 알게 되었다. 질주할 때는 볼 수 없는 것을 멈춰서서 천천히 살아갈 때 볼 수 있게 된 것이다.

교육부 자료에 이런 글이 올라와 있다. "삶의 전력 질주 멈춰도 돼. 어차피 내 인생이니까." 웹툰 작가 이서현 씨의 글이다. 이 작가는 외고를 졸업하고 K대 심리학과에 입학해서 임상심리사가 되기까지 10년간 공부를 했다. 치열한 경쟁을 뚫고 종합병원 임상심리 전문가 수련과정에 합격하면서 조직에 들어갔다. 조직 생활 속에서 비인격적 말투와 대우, 불합리한 일들, 남성 중심의 조직 생활 등에 압박을 느껴 3개월만에 그만두고 나왔다.

10년간 전력 질주해서 이루었던 목표를 포기하고 나서 자신의 마음을 들여다 볼 여유가 생기면서 그림으로 일기를 쓰기 시작했다. ≪서밤(서늘한 여름밤)≫ 블로그를 열고 처음에는 직장에서 겪었던 에피소드들을 그린 그림을 올렸다. 서반은 서늘한 여름밤처럼 뜨거움과 차가움이 공존하는 자기의 성격을 나타내는 이름이라고 한다. 많은 젊은이가 공감하면서 단숨에 인기 콘텐츠로 떠올랐다. 이 작가는 다른 직장 생활을 다시 시작하기도 했고, 또 다른 일들을 준비하고 있다고 나와 있다.

이 글을 보면서 정말 용기 있는 사람이라고 생각했다. 자기가 원하던 것이 아니라는 것을 알았을 때 결단을 할 수 있는 용기가 부럽다. 이렇게 할 수 있는 데는 부모님의 영향이 컸다. 남들이 부러워하는 직장을 그만둔다고 했을 때 "네가 노력해서 들어간 직장인데 그만두는 것도 너의 선택이다."라고 했다고 한다. 만약 나라면 우선 설득했을 것이다. "얼마나 어렵게 들어간 직장인데, 그동안 공부한 걸 생각해서라도 한 번쯤 더 생각해 봐라. 나중에 후회하지 않을 자신이 있을 때 그때 그만두는 게 좋지 않겠냐." 하면서 시간을 끌려고 했을 것이다. 아이의 마음이 변하기를 바라면서.

편안하고 안정적인 내일을 살고 싶어서 오늘 우리는 질주하는 삶을 살아가고 있다. 결혼을 한 사람이든, 결혼하지 않은 사람이든 목표를 향해 전력 질주하는 동안에는 다른 것을 돌아 볼 수 없다. 눈앞에 있는 고지를 향해서 전진! 앞으로!를 외치면서 나아가야만 목표를 이룰 수 있다고 믿기 때문이다. 그 목표를 이루고 나면 이제는 유지하기 위해서 또다시 전력 질주한다. 나를 위해서, 가족을 위해서라고 하면서. 자신의 몸도 마음도 돌볼 여유는 없고 가족의 마음도 돌볼 수 없다.

전력 질주하는 삶을 잠시 내려놓고 내 마음을 먼저 돌보는 삶을 사는 연습을 시작하자. 내가 원하는 게 뭔지, 나의 마음은 지금 어떤 상태인지. 내 마음을 보려고 마음을 먹고 들여다 보고 있으면 조금씩 보이기 시작할 것이다. 그렇게 내 마음을 보고 나면 가족의 마음을 볼 수 있게 될 것이다. 가족과 함께하는 시간을 내어서 서로의 마음을 돌봐 줄 때 새로운 에너지가 생겨난다. 요즘 다시 분주해지기 시작한 내 마음을 돌아보면서 조금 천천히 가도 괜찮다고 말해주고 싶다.

내 앞만 보지 말도 가족을 돌아보면서 살아가자. 가족은 떨어져 있어도 서로 마음이 가 있으면 그 마음을 충분히 나눌 수 있다. 가족과 함께 천천히 살아가자. 서로를 바라보면서 웃어주면서 살아가자.

늘 곁에 있다는 이유로

야단을 치면서 아이들을 키웠다. 맞벌이하면서 아이들을 키우다 보니 바쁜 순간들이 너무 많았다. 다혈질로 급한 편인 엄마에 비해 아이들은 좀처럼 서두르는 일이 없는 편이다.

어느 날 밥을 빨리 안 먹는다고 한참 야단을 치고 있었다. 너희가 밥을 빨리 안 먹으면 엄마가 출근이 늦고, 할머니도 식탁을 치우시지 못해 힘들고 등등. 한 번씩 날을 잡아 작정하고 야단을 칠 때가 있었는데, 이 날이 그날이었다. 야단을 치기 시작했는데도 아이들이 밥을 빨리 먹는 시늉조차도 안 하고 있었다. 목소리가 점점 높아지기 시작했다. 사정하다가 협박하다가 윽박지르기를 하고 있는데 아들이 같이 화를 냈다. "엄마는 아빠한테는 친절하면서 왜 우리한테는 친절하지 않아!" 이 말에 깜짝 놀랐다. 뒤통수를 한 대 얻어맞은 기분이라는 표현은 이럴 때 쓰는 말이라는 것을 깨달았다.

맞네, 나는 신랑을 대할 때 화를 내 본 적이 없다. 아주 많이 화가 나서 표현한 적이 한 번 있기는 하다. 아이들이 점점 크는데 가끔 나의 약점을 가지고 아이들 앞에서 놀릴 때가 있었다. 같이 웃고 넘어 갔었는데, 하루는 정도가 좀 심하다고 느껴졌다. 아이들 앞에서 자존심이 상했다. 아이들이 안 보일 때 살짝 옆에 가서 말했다. "이제 애들 앞에서 비난하는 그런 말 하지 마, 애들도 이제 컸잖아." 이 말을 한 게 전부다. 물론 신랑은 그 다음부터 그런 말 사용하는 것을 멈추었다.

신랑에게는 '뭐든지 다 들어주리라'는 마음을 먹고 살아왔다. 자연히 말도 부드럽게 나갈 수밖에 없었다. 그러나 아이들을 키우면서 아이들이 원하는 것을 다 들어주겠다는 생각을 해 본 적이 없다. 따뜻하게 말하는 엄마가 되어야지 하는 생각도 미처 해 본 적이 없다. 이런 생각을 안 하고 키우다 보니 말도 여과없이 하고 싶은 말을 그냥 쏟았다. 명분은 있다. 아이들이 잘못한 것을 가르치기 위해서라고 하면서. 늘 내 품에서 자라는 내 아이라는 생각하고 있었기 때문이다. 함부로 대하고 있다는 생각조차도 못했다.

말을 잘 들으면 칭찬해 주고 이쁘다 하고 사랑한다 하고. 말 잘 안 들으면 논리적으로 따져 가면서 설교하고, 비난했다. 때에 따라 취조하듯이 캐묻기도 하고, 대답을 빨리 안 하면 대답 안 한다고 더 야단치고. 이렇게 할 때 아이들의 마음이 어떨지는 생각조차 해 보지 않았다. 내가 지금 하는 게 잘 하는 거라는 확신이 있었고, 아이들이 잘못 하는 것을 고쳐야 한다는 확고한 신념이 있었다. 지금 돌이켜 보면 그렇게 야단을 쳐서 아이들이 뭔가 바뀌거나 한 것은 없었던 것 같다. 야단맞고 난 뒤 며칠간은 효과가 좀 있는 것 같았지만, 지나고 나면 도로 예전으로 돌아가거나 상태가 더 나빠지기 일쑤였다. 악순환은 계속 반복되었다.

자기들에게 친절하지 않다고 아들이 말하던 날 딸은 눈치가 있어서 화를 내서 하는 나의 소리를 그냥 묵묵히 듣고 있었다. 두 살 어린 동생이 한 말을 아마도 속으로 '사이다'라고 생각했을 것이다. 이 날은 나도 내가 너무 화를 자주 많이 낸다고 반성하는 중이어서 결국 빵 터졌다. 우는 아들을 안아주면서 미안하다고 사과했다. 말로 그냥 하면 될 걸 화를 내서 정말 미안하다고. 그 후에도 가끔 화가 스멀스멀 내 안에서 올라오려고 하면 말로 하면 되잖아, 말로 하자면서 내 마음을 다스렸다. 아들의 이 말 덕분에 화가 금세 사그라졌다.

나는 다른 집 아이들에게도 화를 냈을까? 아니다. 우리 집 아이들에게는 초등학교 시절 수학 문제를 가르쳐 주다가 잘 따라오지 못하면 눈물부터 빼놓고 가르치곤 했다. '엄마가 설명해 줬는데 왜 못 알아듣느냐?' '말할 때 어디 갔다 왔느냐?' '무슨 생각을 하고 있었느냐?' 하면서 감정을 상하게 했었다. 그러다 다른 집 아이의 수학을 봐 줄 기회가 있었다. 설명해 준 뒤 풀어 보라고 하니까 잘 모르겠다는 거였다. 그런데 잘 모를 수 있다는 마음이 바로 들었다. 수학에 흥미가 아직 적었고 이제 공부를 해 보려고 하던 차였기 때문이다.

내 입에서 나가는 말은 "괜찮아, 모를 수 있어. 자 봐봐, 선생님이 다시 설명해 줄게."였다. 이렇게 대하자 아이가 그때부터 마음을 열어 설명을 잘 듣기 시작했다. 수학에 조금씩 흥미를 보이기 시작하였다. 그 모습을 옆에서 지켜보던 아이의 엄마도 깜짝 놀랐다고 했다. 그 딸이 빨리빨리 알아듣고 잘 따라오지 못해서 답답했었다고 했다. 내가 우리 아이들을 대하는 것처럼 대하셨던 것이다.

그 아이가 지금은 선교하러 마카오에 나가 계신 목사님의 셋째 딸이다. 지금도 사모님과 통화할 때 가끔 그 일화가 나온다. 사모님은 그때부터 셋째 딸을 대하는 것을 바꾸시게 되었다는 것이다. 이해해 주고 기다려 주면 잘 따라 할 수 있는 아이라는 것을 알게 되었다고 하신다. 나에게도 아주 소중한 경험이었다.

부모교육 강의를 할 때 "내 아이를 남의 아이 같이, 남의 아이를 내 아이 같이 키우자."라는 말을 한다. 현실적으로 말이 안 되는 이야기이지만, 이런 마음으로 키운다면 내 아이도 남의 아이도 잘 키울 수 있을 것 같다. 남의 집 아이를 대하는 마음으로 내 아이를 대하면 함부로 대하지 않을 것이다. 존중해 주고 지지해 주면서 아주 귀하게 대할 것이다. 또한 남의 집 아이에게는 내 아이에게 갖는 관심을 가지고 지켜 보자는 것이다. 늘 함께 있으면 그 소중함을 모를 수 있기 때문이다.

≪표현해야 사랑이다≫에서 저자인 이민규 교수는 '자식은 우리 곁에 잠시 머무는 손님이다'라고 했다.

한때 접객업소 등에서 '손님을 가족처럼', '고객을 가족처럼'이라는 캐치프레이즈를 걸었다. 그 어떤 사람을 대할 때보다 가족을 대할 때 따뜻하고 정중하게 친절을 베풀어야 한다는 가정하에 하는 약속이다. 여기서 저자는 "여러분은 가족에게 따뜻하고 정중하게 최상의 친절을 베풀고 계시나요?"라고 묻는다. 그리고 오히려 "가족이기 때문에 이해해 줄 거라고 믿고 여과없이 내키는 대로 말하거나 함부로 행동하지는 않나요?"라고 묻는다.

다음은 저자 이민규 교수가 상담하면서 느낀 것이다. 즉 친절은 남에게 베푸는 것이지 가까운 사람에게 해당되는 사항은 아니라고 생각하는 사람이 의외로 많았으며, 밖에서 다른 사람을 대할 때는 그지없이 친절하면서도 정작 가족에게는 퉁명스럽게 대하는 사람도 많았다. 손님이 맛있는 쿠키를 사 들고 찾아오면 반색을 하면서 고맙다고 할 것이다. 그런데 "아내가 맛있는 저녁을 준비했을 때 어떤 반응을 보이느냐고?" 또 물었다. 남이 어쩌다 한 번 베푼 작은 친절에는 반색하며 고맙다고 인사하지만 정작 누구보다 감사해야 할 가족에게는 그렇지 못한 경우가 많다는 것이다. 그 이유는 당연하다고 여기기 때문이라고 한다. 즉 가족은 내가 무슨 말을 하고 어떻게 행동하건 모두 이해해 줄 것이며, 어떻게 대하든 가족은 붙박이처럼 늘 그 자리에 있을 거라고 생각하기 때문이라는 것이다.

그러면서 가족을 대하는 태도를 바꾸는 가장 좋은 방법으로 가끔 '가족을 손님처럼' 바라볼 것을 추천했다. 한 번 떠나면 다시는 못 만날 손님처럼 바라보면 모든 것이 다르게 느껴진다고 하면서.

딸과 아들을 키우면서 대표적으로 사랑스러운 순간은 잠자는 모습이다. 코를 쌕쌕 골면서 자고 있는 얼굴을 보고 있으면 마치 천국 근처에 가 있는 것처럼 행복해진다. 자는 얼굴을 보면서 '아까워서 나중에 시집, 장가 어떻게 보내지!'하는 생각을 했었다. 자주 들던 이런 생각이 얼마나 위험한가를 곰곰이 생각해 보면 바로 알게 된다. 자녀들이 커서 독립하지 않고 부모와 함께 살겠다고 하면 그건 정말 큰일이다. 부모도 자녀도 행복하지 않기 쉽다. 심리학에서는 육아의 목표는 '건강한 자립'이라고 한다. 이런 자립이 부모의 생각보다 훨씬 빨리 올 수도 있다는 것을 딸을 서울로 보내면서 알게 되었다.

생일이 1월이라 한 살 빨리 입학해서 19살에 대학에 들어간 딸은 방학 기간에도 사용할 수 있는 생활관으로 신청했다. 아르바이트나 계절학기 등을 하면 생활관을 계속 사용하는 게 좋을 거 같다고 서로 의견을 모아서 신청한 것이다. 이렇게 빨리 집을 떠나게 될 줄 몰랐다. 딸에게 '집은 이제 언제든 와서 쉬었다 갈 수 있는 곳'이라고 말했다. "너는 이제 너의 인생을 원하는 곳에서 살아가면 되는 거"라고 했더니 아이는 알겠다고 했다. 그다지 많이 서운해 하지도 않았다. 늘 독립을 외치던 아이여서 그런 것 같다. 이 점이 살짝 섭섭하기도 했지만, 순리가 그런 걸 어떡하겠냐 싶다. '앞으로는 더욱 귀한 손님처럼 대해줘야겠구나' 하는 생각을 해 본다.

가족이 늘 곁에 있다는 이유로 함부로 대해서는 결코 안 된다. 언제까지 곁에 있게 될지는 아무도 모르기 때문이다. 세상에서 가장 사랑하는 사람이 누구냐고 물으면 모두가 '가족'이라고 답할 것이다. 이런 가족을 사랑하는 만큼 소중하게 대하자. 서로 사랑을 나눌 수 있는 시간이 얼마나 있을지 장담할 수 없기 때문이다.

스티브 잡스가 죽기 전에 이런 말을 했다. "… 나는 내 삶에서 얻은 부를 가지고 갈 수 없습니다. 내가 가져갈 수 있는 것은 사랑에 의해 생긴 기억뿐입니다…. 당신의 가족에 대한 사랑, 당신의 배우자에 대한 사랑, 당신의 친구들에 대한 사랑을 대단히 소중히 여기세요. 자기 자신에게 잘 하세요. 다른 사람을 소중히 여기세요."

가족을 소중히 여기고 함께 있을 때 잘 하자. 늘 곁에 있다고 함부로 대하고 소홀히 한다면 나중에 가지고 갈 수 있는 기억조차도 없을 수 있기 때문이다. 이 가족 안에는 나 자신부터 들어 있다는 것도 잊지 말자. 나 자신부터 소중하게 여기는 사람이 가족도, 다른 사람도 소중하게 여길 수 있다.

집에서도 혼밥한다고

"애들 먼저 먹이고 나중에 먹어요."

젊은 엄마들에게 집에서 밥은 어떻게 먹냐고 질문을 했을 때 들은 말이다. 그 자리에 있던 대여섯 명의 어머니들이 머리를 끄덕였다. 자기들도 그렇게 하는 경우가 많다고 하면서. 속으로 '헉 집에서 밥을 따로 먹는다고….' 하마터면 '그러면 안 돼'하고 소리를 지를 뻔했다. 나도 아직 대학생, 고등학생을 둔 학부모인데 집에 있을 때는 아침 · 저녁은 늘 같이 먹는 게 당연하다고 여겼는데 요즘 엄마들은 다르구나.

≪표준국어대사전≫에 나와 있는 가족과 식구의 뜻을 보면 이렇다. '가족'은 부부를 중심으로 한, 친족 관계에 있는 사람들의 집단. 또는 그 구성원, 혼인, 혈연, 입양 등으로 이루어진다. '식구'는 함께 살면서 끼니를 같이하는 사람. 집단과 구성원으로 나누어진 것 같지만, 우리는 통상 가족을 식구라고 하면서 같이 써오고 있다. 이 둘의 차이를 세세하게

거론하지 않겠다. 가족이 식구이면 더 좋을 텐데 하는 아쉬움이 든다.

아이들과 함께 밥을 안 먹는 데에는 여러 가지 이유가 있다. 바빠서 먼저 먹인다, 먹이면서 먹으면 정신이 없어서 밥이 어디로 들어가는지 모르겠다, 쫓아다니면서 먹여야 해서 같이 못 먹는다 등. 갑자기 따로 먹는 게 아니고 계속 그래왔다는 이야기이다. 먹는 습관이 그렇게 되어버린 것이다.

어린이집에서 일할 때 보면 늦게 일어나서 아침을 잘 챙겨 먹지 못하고 오는 아이들은 대체로 밥을 잘 먹지 않았다. 그러다 보니 이 아이들의 어머니들은 밥 먹이기가 큰 걱정 거리일 수밖에 없다. 이 어머니들과 상담을 해 보면 아이들을 늦게 재워서 늦게 일어났다. 물론 엄마도 같이 늦게 자고 늦게 일어나므로 엄마부터 시간이 부족한 아침을 시작한다. 잘 먹이고 싶은 욕심은 모든 어머니가 가지고 있는 본능이다. 짧은 준비 시간에 깨우고, 씻기고, 먹인 다음 어린이집 등원 차에 태워 보내야 하는 미션을 수행하기 위해서 먹이기에만 열중한다. 바쁠 때는 아이들도 불안하여 더 빨리 움직이지 않는다. 먹이면서 야단치면서 보내고 난 뒤 엄마 혼자 밥을 대충 먹게 된다. 물론 이렇게 하고 싶어서 하는 엄마는 없다. 상황이 이런 걸 어떡하냐고 할 것이다. 나만 그런 게 아니고 다들 그렇다고 볼멘 소리를 할 수도 있다.

아이들을 키우면서 우리 가족은 늘 식사를 같이했다. 아이들은 저녁에 규칙적으로 일찍 재우기만 하면 해 뜨는 시간과 비례해서 일어났다. 여름에는 좀 더 일찍 일어나고, 겨울에는 좀 더 늦게 일어났다. 아이들보다 한 시간 정도 먼저 일어나서 출근 준비를 하면서 아침을 차리고 아이들을 깨우면 함께 식사를 하는 게 가능했다. 아이들이 평소보다 늦게 일어나면 바쁜 날도 있고, 일찍 일어나면 더 여유로운 날도 있다. 아침밥을 함께 먹으면서 얘기하느라 밥을 적게 먹고 가는 날도 있었다. 밥과 함께 사랑을 먹고 기분 좋게 학교 가는 아이들을 보면 흐뭇한 미소가 절로 나온다.

이렇게 하루를 시작해서 각자 자기 할 일을 하고 저녁에 다시 식탁에 모여서 밥을 같이 먹는다. 하고 싶은 말이 많은 날은 한 시간도 넘게 밥을 먹고, 서로 앉아 있기도 한다. 어떤 날은 늦게 먹은 사람이 설거지를 하기도 한다. 아이들이 어릴 때는 엄마나 아빠와 짝을 지어서 하기도 했다. 하루 중 해지는 저녁에 식구들과 함께 밥을 먹을 때 나는 가장 행복감이 크다. 오늘 하루도 잘 보내고 가족들과 함께하는 시간이 너무 감사하고 고마울 뿐이다.

주말에는 미리 먹고 싶은 음식을 서로 물어 보아 한두 가지 특별식을 만들어 함께 먹는다. 가끔은 떡볶이로 식사를 대체하기도 하고, 식빵을 구워 만든 샌드위치를 먹기도 한다. 카스텔라를 만들 때는 어릴 때부터 아이들을 동참시켰다. 밀가루를 저울로 재는 방법을 가르쳐 주고, 설탕과 우유도 저울로 재고, 종이를 잘라 빵틀에 깔고…. 오븐 사용하는 법도 가르쳐주고. 우리 집은 아빠와 아들이 꼼꼼히 이런 것들을 잘 하는 편이었다. 함께 준비해서 만들어 먹으면 그 맛이 배가 되는 것 같다.

어쩌다 외식을 하면 잘 먹고 들어오지만 집에 와서는 '너무 정신이 없더라, 시끄럽더라, 짜더라' 이러면서 우리 집에서 먹는 밥이 제일 맛있다는 이야기로 끝이 난다. 그러고는 당분간은 외식을 나가지 않는다. 아무래도 어릴 때 외식을 많이 하지 않아서 그런 것 같기도 하다. 아이들이 초등학생 정도가 되기 전에는 더더욱 외식을 많이 하지 않았다. 가족 모임 등 특별한 경우에만 나가서 먹었다. 식당에서는 아이들이 먹을 수 있는 게 별로 없고, 아이들이 오래 앉아 있는 게 힘들다고 생각했다. 우리 아이들 때문에 다른 어른들이 피해를 볼 수도 있었고, 식당에서 아이들을 야단쳐야 하는 상황을 만들고 싶지 않은 이유도 물론 있었다.

엄마가 아이들과 밥을 따로 먹을 정도이니까 아빠는 말할 것도 없다. 아빠는 아이들이 일어나기 전에 출근해야 하고,

바빠서 아침을 못 먹고 나가는 날이 더 많으니까. 퇴근이 늦어서 가족들과 같이 저녁을 먹을 수 없고, 밖에서 먹고 오는 날이 더 많고. 이러다 보니 주말에서야 같이 먹을 수 있다. 외식하러 갈 때도 많다. 집안에서 가족끼리 느긋하게 이야기하면서 밥을 먹을 기회가 많지 않다. 같이 밥을 먹는 시간이 적다는 얘기는 가족들과 얼굴을 보며 함께 이야기할 시간이 적다는 말이기도 하다. 다 먹고 살려고 일하는 거라고 하면서 정작 함께 먹는 일에는 우선 순위를 잘 두지 않는다. 어쩌다 온 식구가 같이 밥을 먹게 되면 말없이 밥만 먹고 일어서는 경우도 많이 볼 수 있다. 실제로 식당에서 이런 가족들을 더러 보게 된다. 밥만 먹고 가지요~

이삼 년 전부터 '밥상머리 교육'이라는 말이 자주 나오기 시작했다. 학교에서 보내는 가정 통신문에도 주기적으로 한 번씩 '밥상머리 교육'에 대한 내용이 들어 있었다. 부모님들도 바쁘지만, 요즘은 아이들이 더 바쁜 세상이어서 서로 얼굴 볼 시간이 적다. 그러면 같이 밥 먹는 시간에라도 아이들을 교육하라는 취지인 것 같다. 좋은 얘기라는 생각이 들면서도 '밥 먹을 때마다 부모님들이 교육한다면 아이들이 밥 먹는 시간이 즐거울까?'라는 생각을 하게 된다. 편안하게 밥을 함께 먹으면서 서로가 하고 싶은 말들을 하다 보면 자연스럽게 듣고 보고 배우는 것들이 쌓이지 않을까 하는 생각도 해 본다. 자녀 교육을 너무 안 한다고 생각해서 밥상 앞에서라도 교육을 잘 좀 해 보라는 뜻이 들어 있는 것이기도 하지만.

가족들과 함께하는 식사는 밥만 먹고 끝나는 것이 아니다. 밥을 먹으면서 가족 간의 사랑과 관심을 서로 주고받는 시간이다. 아니 거꾸로 말하면 가족 간의 사랑을 밥을 먹으면서 나누는 시간이다. 친구들과 친해지는 가장 좋은 방법이 같이 밥을 먹는 거라는 걸 우리는 너무 잘 알고 있다. 가족도 역시 밥을 같이 많이 먹을수록 더 친밀해지는 것은 당연한 사실이다. 실제로 가족끼리 식사를 많이 하는 아이들이 정서적으로 더 안정되어 더 적극적이고 호기심도 많다는 연구 결과들은 이미 많이 나와 있다.

다음은 하버드대학에서 연구한 결과이다. 저소득층 가정의 자녀들은 환경도 열악하고 부모와 함께 있는 시간도 적기 때문에 학업 성취도가 낮을 것이라고 예상했다. 그러나 뜻밖의 결과가 나왔다. 그런 환경이 아니라 가족과 함께하는 식사횟수와 양질의 대화에서 아이들의 언어능력에 차이가 났다는 것이다. 가족 간의 식사 시간에 옥시토신이라는 호르몬이 나와서 가족 관계를 더욱 친밀하게 해 준다는 것이다. 행복 호르몬이라고도 하는 옥시토신은 가족 간의 식사 시간에 대량으로 나오는 호르몬이라고 한다.

예전에 어린이집이 속해 있던 교회의 설교 시간에 들었던 예화 중 아직 기억이 나는 것이 있다. 목사님 가정에서 있었던 일이다. 대학에 가 있던 아들이 오랜만에 집에 와서 가족들 모두 외식을 하러 나가게 되었다. 목사님께서 아들에게 "먹고 싶은 게 뭐야? 뭘 먹으러 갈래?"하고 물으셨다. 그러자 아들이 "뭘 먹는 게 중요한 게 아니고 누구랑 먹느냐가 더 중요하죠."라고 대답했다. 옆에 계시던 사모님이 우리 아들 멋있다 하면서 감탄하셨다고 한다.

목사님은 멋있는 말을 한 아들이 좀 샘이 나는 듯 말씀하셨다. 정말 그런 것 같다. 뭘 먹느냐도 중요하지만, 누구와 함께 먹느냐가 더욱 중요하다. 온 가족이 함께 밥을 먹으면서 지내는 시간이 긴 인생 중에서 얼마 되지 않는다는 것을 우리가 잊고 있는 것 같다.

이제는 인생이 100세를 넘어서 120세까지 보고 있다. 그 중 아이들과 함께 살면서 같이 밥 먹는 시간은 잘해야 20년, 아니면 그보다도 적을 수 있다. 함께 사는 이 짧은 시간 동안 가능한 한 같이 밥도 자주 먹고, 그 시간에 사랑과 정도 나누어서 친구보다 훨씬 더 친해져야 하지 않을까. 20년 친하게 지낸 힘으로 남은 100년은 사랑하면서 살 수 있을 것이다.

"아기들은 왜 엄마를 좋아하는가?"라는 질문에 가장 흔한 답변이 엄마가 아기에게 먹을 것과 마실 것을 줘서이다. 정말 그럴까? 이것이 궁금했던 심리학자가 실험했다.

미국 위스콘신대학의 해리 할로우(Harry Harlow)의 "헝겊 엄마, 철사 엄마" 실험이다. 한 원숭이에게 두 인형의 엄마를 제공했다. 철사로 만든 엄마 인형한테는 우유병이 들려 있고, 헝겊으로 만든 엄마 인형에게는 아무것도 들려 있지 않았다. 당연히 우유병을 든 철사 엄마를 더 좋아할 것으로 기대하면서. 그런데 결과는 반대였다. 배가 고플 때만 철사 엄마에게 갔고, 배가 부르면 헝겊 엄마에게 가 있었다. 좀 더 크자 헝겊 엄마에게 매달려 있으면서 팔만 뻗어서 우유를 먹었다.

그뿐만 아니라 한 가지 실험을 더 했다. 그것은 호기심 실험이었다. 이번에는 원숭이 두 마리를 서로 분리해서 키웠다. 한 원숭이는 철사 엄마와 살게 하고, 한 원숭이는 헝겊 엄마와 살게 했다. 이 두 원숭이에게 낯선 물체를 하나씩 던졌다. 헝겊 엄마와 있던 원숭이는 처음에는 놀래서 헝겊 엄마를 안고 매달려 있다가 조금 지난 후 안정이 되자 호기심을 가지고 낯선 물체를 만지게 시작했다. 반면 철사 엄마와 있던 원숭이는 놀라지도 않고 와서 만져 보지도 않고 혼자 떨어져 계속 있었다. 관심이 전혀 없는 것이었다.

피부 접촉이 옥시토신 분비를 촉진해 행복감 · 안정감 등을 주어 호기심을 활성화한다는 연구였다. 가족과 함께하는 식사가 중요한 것도 같은 이유이다.

이 시대 엄마들은 철사 엄마가 되어서는 안 된다. 함께 먹고 함께 마시면서 아이들을 눈으로 손으로 따뜻하게 접촉해 줄 때 몸도 마음도 건강한 아이로 클 수 있다. 물론 다 알면서도 바빠서 시간이 없어서 같이 식사를 못할 수 있다.

그러나 시간은 누구에게나 똑같이 주어진 것이고 활용하는 만큼 쓸 수 있기도 하다. 가족들과 함께 사랑을 나누고 키울 수 있는 식사 시간을 갖는데 우선 순위를 둔다면 시간을 만들 수 있을 것이다. 같이 밥 먹으면서 더 친해지자. 가족들과.

나 혼자 사는 시대

통계청 자료에 의하며 일반 가구 대비 1인 가구가 2015년 27.2%, 2017년에는 28.6%를 차지했다. 1인 가구는 2000년 222만 가구에서 2017년 562만 가구로 152.6% 증가하였다. 일반 가구는 2000년 1,431만 가구에서 2017년 1,967만 가구로 37.5% 증가했다.

나이별로 보면 대부분의 연령대에서 1인 가구가 증가하였다.

TV에서 〈나 혼자 산다〉라는 프로그램이 2013년부터 방영되고 있다. 독립해서 혼자 사는 미혼 연예인들이 자기가 사는 모습을 촬영한 것이다. 그 방송이 계속될 수 있을까 싶었는데, 지금도 인기 방송 프로그램 중 하나이다. 1인 가구가 늘어난 데에는 이러한 방송의 영향도 상당히 크리라 생각된다.

혼자 사는 가구, 1인 가구를 생각하면 우선 떠오르는 대상이 20~30대의 미혼 남녀다. 미혼 1인 가구만 있는 것이 아니다. 같은 자료에 의하면 '미혼'은 2000년 43.0%, 2015년 43.8%였고, '이혼'은 2000년 9.8%에서 2015년 15.5%로 5.7%p 증가했다. 또한 '사별'은 2000년 35.1%에서 2015년 29.5%로 5.6%p 감소했다.

미혼 남녀들의 1인 가구는 45% 이하이다. 오히려 혼인 후 이혼 · 사별 등으로 1인 가구가 된 경우가 더 많다는 이야기이다. 청 · 장년층에서는 남성들의 비중이 여성들보다 많았고, 노년층으로 갈수록 여성들의 비중이 남성들보다 월등히 많다. 농어촌에 혼자 살고 계시는 할머니들이 많이 있다는 것이다.

십 대 중반부터 공부 등의 문제로 분가하여 살기 시작해서 직장, 취업, 결혼 등의 이유로 독립한다. 대학생이 된 딸의 친구 중 독립이 목표가 아닌 친구는 찾기 힘들다. 부모로부터의 독립이 이들에게 가장 큰 욕구가 된 지 오래되었다. 자유롭게 살고 싶다는 욕구가 춤을 추는 것 같다. 12년 동안 학교 다니면서 공부하느라, 아니 시험 보느라 너무 고생들을 하다 보니까 자유가 가장 갈급한 욕구가 된 것이다. 부모님들은 자녀들을 잘 먹이고 입히고 공부시켜서 함께 살고 싶은 마음을 키워 왔지만, 자녀들은 다른 꿈을 키워왔다. 고등학교 졸업만 하면 나는 독립해서 나가서 살 것을 다짐하면서 준비해온 것이다.

반면 중년층들은 직장 문제로 따로 살거나 이혼 · 사별 등의 이유로 혼자 사는 경우가 증가하고 있다. 중 · 장년층의 경우 특히 남성들이 여성들도 보다 혼자 사는 비율이 더 높다. 이혼하더라도 어머니들이 자녀를 양육하는 경우가 더 많다 보니 상대적으로 아버지들이 1인 가구가 되는 비율이 높은 것 같다.

농어촌에 살고 계시는 할머니 · 할아버지들은 평생을 살아 온 삶의 터전을 떠나지 못해서 계속 살고 계시는 경우가 많다. 예전 같으면 연세가 많이 드시거나 편찮으시면 자녀들 집으로 들어가셔서 함께 사시는 경우도 많았다. 요즘은 건강하신 동안 자녀들 신세 지시기 싫으셔서 살던 집에서 계속 사시고, 편찮으시면 요양병원 등에 입원하셔서 생을 마치는 경우도 많다. 자녀들이 부모님을 집으로 모시고 와도 돌봐줄 가족이 없기 때문이다.

집에 모셔 놓는 게 오히려 창살 없는 감옥에 모셔 놓은 꼴이 된다. 친구분들도 없고, 집안에서 할 일도 없고 그냥 계셔야 한다는 건 오히려 정신건강으로도 더 해로울 수밖에 없다. 자녀들이 효심이 없어서라고 매도할 수 없는 사정이 있는 것이다. 평생을 살아 온 시골집에서는 그래도 당신들 소일거리가 있고 오랜 세월 함께 지내온 이웃들이 있어서 온 동네가 내 집처럼 편안하실 것이다. 그래서 십 년 · 이십 년 후 농어촌에는 과연 누가 남아 있을지를 걱정하는 소리가 점점 커질 수밖에 없다.

딸이 초등학교 1학년, 아들이 병설 유치원을 다닐 때 우리 가족은 포항에서 1년 정도 살았다. 울릉도에서 나와서 갈 곳이 마땅하지 않았을 때 큰이모네 이종사촌 오빠들이 도와주셨다. 농사를 지으시는 이종사촌 큰오빠 집에서 살았는데, 그 동네에는 아이들이라고는 우리 집 아이들밖에 없었다. 이십여 가구가 살고 있었는데 할아버지 · 할머니들만 살고 계시면서 농사도 지으시고 닭도 키우시고 하셨다. 차도 많이 다니지 않고, 사람들도 왕래가 잦지 않은 곳이었다. 처음 동네에 들어갔을 때 동네에 생기가 없는 것처럼 보였다. 낮에도 개 짖는 소리와 어쩌다 지나가는 차 소리 외에는 들리는 소리가 별로 없었다.

차로 10여 분쯤 떨어져 있는 초등학교에서 통학버스를 보내주었다. 통학버스 기사님은 우리가 사는 집 앞에서 차를 돌려서 아이들을 태워주셨다. 제일 먼저 차를 타는 기쁨이 아이들에게는 상당한 자부심마저 느끼게 해 주었다. 도시에서 사립 초등학교에 다녀야 탈 수 있는 통학버스지만 지방에서는 공립 초등학교에서도 탈 수 있었다. 시골에서 사는 1년간 우리 가족은 많은 사촌오빠와 함께 가족을 이루었다. 신랑은 제과점에 일자리를 구해서 일했고, 나는 임용시험 공부를 하느라 도서관에 다녔다. 제과점과 도서관이 서로 가까운 곳에 있어서 아침에 함께 나갔다 저녁에 같이 들어왔다. 아이들은 친정어머니와 사촌오빠가 돌봐주셨다. 흙으로 지어진 집이었는데, 우리가 들어와 살겠다고 해서 둘째사촌오빠가 깨끗이 수리해 주셨다. 평생 감사한 오빠들이다.

밤에는 쥐들이 벽을 타고 다니곤 했지만, 가족이 함께 있을 수 있어서 행복했다. 여름의 너무 더운 날에는 평상에 대형 모기장을 치고 네 명의 식구가 함께 누워 자기도 했다. 시골의 밤은 불빛이 별로 없어서 더 깜깜하다. 덕분에 별들을 더 많이 볼 수 있었다. 평상에서 자면 흥분이 돼서 얘기하느라 일찍 잠이 들 수 없었다. 까만 밤을 조금 하얗게 만들다 자는 거였다. 더운 낮에는 타원형으로 생긴 큰 고무 대야에 물을 받아서 아이들은 물놀이를 했다. 물총 쏘고 물안에 들어가고…. 그해 여름은 이렇게 보냈다. 집 앞에는 차들이 별도 다니지 않아서 자전거를 타기도 좋았다. 자기에게 맞는 자전거를 한 대식 골라서 샀다. 보조바퀴 달린 자전거를 타기 시작한 것이다.

그 동네에 아이들의 웃음소리가 많이 들리기 시작했다.

지금도 가끔 포항에서 살던 때가 어땠냐고 물어보면 아이들은 재미있고 좋았다고 이야기한다. 참 특별한 경험을 했던 시절이었다.

평균수명이 길어지면서 혼자 살아가는 시간도 길어졌다. 살아가면서 힘든 일이 생기거나 삶의 의욕이 없을 때에도 바로 옆에 가족이 없으므로 혼자 힘으로 일어나야 한다. 쉽게 좌절할 수 있고, 쉽게 부정적인 정서에 빠져들 수 있다. 가족과 함께 생활하는 동안, 아이들이 자라는 동안 가족과의 관계를 더욱 친밀하게 하고 서로 아끼고 돌보는 시간을 많이 가져야 할 것이다.

1인 가구의 증가는 저출산 사회를 가져오고, 고령화 사회로 나가고 있다. 그러다 보니 노인 독고사가 사회 문제로 대두되고 있다. 혼자 살고 계신 상태에서 돌아가시는 경우가 점점 많아지고 있다. 자녀들과 떨어져서 사시다 보니 갑자기 쓰러지시거나 하면 옆에 가족이 없어서 응급처치를 못해 돌아가시는 경우가 생긴다.

자녀들이 안부 전화를 드리는 데에도 한계가 있다. 요즘은 대부분 집전화가 없고 핸드폰만 사용하므로 핸드폰을 안 받으시면 연락이 될 길이 없는 경우가 많다. 자녀들의 입장에서도 마음이 몹시 아플 수 있는 일이다. 노인들의 입장에서는 응급처치를 받으셨으면 더 사실 수도 있었을 텐데 하는 아쉬움이 생긴다. 살아계신 동안 자주 찾아뵙고 함께하는 시간을 많이 갖는 것이 더욱 절실하게 필요해지는 때이다.

자녀들과도 함께 사는 시간이 예전보다 줄어들었다. 빠르면 초등학교나 중학교 때부터 집을 떠나서 생활하기도 한다. 또한 고등학교 때 집을 떠나 기숙사 생활을 하는 경우도 많다. 대학 때 집을 떠나는 경우는 더욱 많다. 가족들과 함께 생활하면서 혼자서도 살아갈 힘을 키워야 하겠다. 시대가 변해 가고 있는 상황에서 혼자 사는 것을 좋다, 나쁘다 하거나, 막을 수는 없다.

앞으로 1인 가구는 더욱 늘어날 것이다. 1인 가구를 위한 전자제품이 쏟아져 나오고, 1인 가구를 위한 생활용품이나 식품 등도 많이 나오고 있다. 국가 정책에도 영향을 주어 1인 가구를 위한 정책들이 만들어지고 있다. 1인 가구로 살면서도 건강하게 행복하게 살 수 있도록 가정에서 함께 사는 동안 준비시켜 주어야 할 것이다. 마치 20년간 사귀고 남은 평생을 친하게 잘 지내기 위한 친구를 만드는 것처럼. 가족과의 관계에서도 함께 생활하는 시간의 소중함에 대하여 생각을 해야 할 때이다.

우리나라는 2035년에는 1인 가구가 현재 가장 많은 비율을 차지하고 있는 2인 가구를 넘어설 것이라고 한다. 나이가 많건 적건 간에, 결혼했든 안 했든 간에 혼자 살 때 자신을 잘 돌보면서 살아가는 것이 중요하다. 가족의 울타리 안에서 성장하면서 혼자 서는 힘을 배우고 키워야 할 것이다. 부모들은 자녀들에게 독립해서 스스로의 힘으로 살 수 있도록 양육하는 것이 중요하다. 아들러 심리학에서는 양육의 목표를 자립이라고 정의한다.

부모들은 자녀들이 혼자 힘으로 세상을 잘 살아갈 수 있도록 키워야 한다. 가족들 간의 소통이 어느 때보다도 더 중요하다. 가족 간에 서로 대화로 소통하여야 마음도 몸도 건강하게 자랄 수 있다. 그런데도 가족 간에 몇 달씩 혹은 몇 년씩 말을 하지 않고 지내다가 TV 방송에 나와서 서로 오해를 풀고 말을 하는 경우를 종종 본다. 그렇게 지내는 동안 서로 얼마나 힘들었을까? 아무리 애써 외면하고 살려고 해도 가족과의 관계에 어려움이 있다면 행복한 삶을 살기 어렵다.

함께 사는 길지 않은 짧은 시간 동안 좋은 관계를 맺어서 남은 평생을 서로 잘 지낼 수 있는 튼튼한 관계로 만드는 것이 무엇보다 중요한 시대가 왔다.

대화란 마주보고 주고받는 이야기

"하루 8시간 공부하는 아이들, 가족과 보내는 건 13분"

초록우산어린이재단에서 작년에 발표한 보고서 《아동 생활 시간》 내용이다. 전국의 초등학교 4학년부터 고등학교 2학년생 571명을 대상으로 조사했다. 조사 방법은 10분 간격으로 설계된 시간 일지에 자신이 한 행동을 3일 동안 직접 기재하는 '타임 다이어리' 방식이었다. 조사 결과 하루 수업 및 공부에 평균 8시간 41분을 썼다. 반면 가족과 함께 보내는 시간은 13분으로, TV 등 미디어를 보는 시간 84분에 크게 못 미쳤다. 화목한 가정을 바라는 아이들이 많았지만, 공부에 하루 8시간 이상 쏟아 부을 수밖에 없는 현실 앞에서 가족과의 대화는 뒷전으로 밀린 것이다.

이 기사를 보면서 가족과 보내는 시간이 옛날보다 많이 줄어들었을 거라고 생각은 했지만, 너무 적어서 놀랐다. 하루 중 십여 분 함께하는 시간이니 대화하는 시간은 그중에서 얼마나 될까? 함께하는 시간이 부족해서 대화하는 시간이 부족하다는 말이 나올 수밖에 없다. 스마트폰, TV 등에 더 많은 시간을 쓰고 있는 현실이 안타깝다. 대화의 목적이 소통을 위한 것인데, 대화가 없다면 소통이 잘 이루어지지 않는다. 가정에서 소통이 이루어지지 않으면 학교나 직장에서 소통이 잘 이루어질 수 있을까? 이러한 소통의 어려움으로 살아가는 데에 갈등이 생기게 되는 것이다.

2년 전에 학생상담 자원봉사를 했다. 부산시 사하구에 있는 여자 중학교에 나가게 되었다. 부산시교육청 소속의 자원봉사단체에서 부산 시내 초 · 중 · 고등학교 집단상담, 찾아가는 상담, 위기상담 등을 진행했다. 학교에 학생상담 선생님이 계시지만, 외부의 전문가가 집단상담을 하는 것도 효과가 좋아서 오랫동안 해 오고 있는 프로그램이었다. 해당 중학교 2학년 학생들과 두 시간씩 두 학기에 걸쳐서 집단상담을 했다. 여러 가지 활동을 하면서 자기 자신에 대해서 알아가고, 친구들에 대해서도 알아가는 내용이다.

어느 반에선가 쉬는 시간에 가족 간의 대화에 관한 이야기가 나왔다. 한 학생이 엄마랑 얘기가 안 통해서 속상하다고 이야기를 꺼냈다. 아빠하고는 아예 말도 안 하고, 요즘은 엄마하고도 얘기하기가 싫다고 했다. 자꾸 야단만 치고 자기 이야기는 들어주려고 하지 않는다고. 그러자 옆에 앉은 학생도 자기는 꼭 필요한 말만 하고 다른 말은 하지 않는다고 했다. 어떤 학생은 아버지가 자꾸 자기에게 화만 낸다고 하면서 눈물을 흘렸다. 한 명이 울기 시작하니까 학생들은 너도 그러냐면서 서로서로 울기 시작했다.

학생들의 말을 듣고 있자니 부모님들이 너무 하신다는 생각이 들어서 속상한 마음에 나도 같이 울었다. 학생들은 엄마랑 잘 지내면서 이야기도 잘 나누고 싶은데 엄마가 먼저 짜증을 내서 말하기가 싫고, 자기도 짜증이 난다고 했다.

이때 한 학생이 자기도 얼마전까지는 그랬었는데, 이제는 엄마와 잘 지낸다고 했다. 비결이 뭐냐고 물어보니 어머니께서 딸에게 "네가 엄마한테 말할 때 곱게 말해 주었으면 좋겠다. 그러면 나도 곱게 말할게."라고 하셨다고 한다. 이 말을 듣고 그때부터 엄마에게 고운 말을 쓰기로 했다고 한다. 그러자 어머니도 함께 따뜻한 말씨로 말을 해 주셔서 이제는 엄마와 얘기를 많이 하게 되었다고 했다. '가는 말이 고마워 오는 말이 곱다'는 속담 그대로였다. 다른 학생들도 한번 해보겠다고 약속했다.

《초등 국어개념 사전》에서 '대화'의 뜻을 찾아보면 '마주보고 주고받는 이야기'라고 나와 있다. 우리는 말을 많이 하는 걸 대화하는 것으로 생각하기 쉽다. 특히 부모는 자녀들에게 잔소리를 많이 하면서 대화를 많이 했다고 착각하기도 한다. 예전에 나도 우리 집 아이들에게 내가 원하는 것을 계속 말하기에 바빴다. 내 말대로 아이들이 움직여 주면 뭔가 제대로 돌아가는 것 같고 아이들을 잘 키우는 것 같았다. 반면 말을 해도 아이들이 잘 듣지 않고 행동을 고치지 않거나 하면 아이들을 잘못 키우고 있나 하는 불안감이 들어서 자주 화를 내곤 했었다. 아이들이 잘되라고 하는 말인 만큼 나는 중요하고 옳은 것만 말한다고 생각했다. 내가 하는 말을 듣고 있는 아이들의 마음에 관해서는 관심도 없었고, 생각도 해 보지 않았다. 아이들의 말은 전혀 들을 준비가 안 되어 있었다. 그러다 보니 아이들의 마음에 대해서 잘 몰랐다. 오직 내 말을 잘 듣느냐 안 듣느냐에만 관심이 있었다. 주고받는 이야기가 아니라 지시만 하는 얘기였다.

나는 집에서 신랑과는 대화하고 아이들에게는 자분자분하게 잔소리하는 엄마였다. 당연히 신랑과는 서로의 마음을 그대로 나눌 수 있는 관계가 되었다. 신랑이 이야기할 때 귀담아 잘 듣고, 들으면서 생각을 해 보고 말하고 하면서 대화를 많이 했다. 머리에서부터 발끝까지 꿀 떨어지는 눈빛으로 바라봤다. 이런 감정이 그대로 전달되었을 것이다. 신랑도 나를 그렇게 봐 주었으니까.

하지만 아이들과 이야기할 때는 내 마음이 달랐다. 지금 밥을 빨리 먹지 않고 있는 것이 마음에 안 든다. 옷을 벗어서 그 자리에 던져두고 가는 것도 마음에 안 든다. 이런 생각을 하면서 그 행동을 고치게 하려고 잔소리를 했다. 말뿐 아니라 눈빛으로 손짓으로 '네가 지금 마음에 안 든다'를 표시했다. 아이들도 분명 내 마음을 알았을 것이다. '지금 엄마가 나를 싫어하네. 그럼 나도 엄마 말 안 들어' 그러면서 대답만 건성으로 하고 행동은 바꾸지 않았다. 내가 상대방을 싫어하면 상대방도 나를 싫어하겠지. 반대로 내가 상대방을 좋아하면 상대방도 나를 좋아하는 게 당연하다고 생각했다. 인지상정이라고 생각했다.

≪표현해야 사랑이다≫에서는 이런 걸 심리학적으로 '상호성의 원리'라고 한다고 나와 있다. 상호성의 원리는 상대에게 받은 대로 돌려주려는 인간의 심리를 설명하는 원리이다. 긍정적인 일뿐 아니라 부정적인 일에서도 똑같이 작동한다. 뿌린 대로 거둔다는 성경 구절이나, 불교의 인과응보와 사필귀정도 상호성의 원리로 설명할 수 있다고 한다.

부모니까 내 자녀를 사랑하는 것은 당연하며, 사랑하니까 너 잘 되라고 하는 잔소리도 잘 하는 것으로 생각했다. 부모와 자녀는 이렇게 지내는 게 당연한 줄 알았다. 그러다가 부모교육을 공부하면서 '반영적 경청'에 대해 배우게 되었다. 자녀들의 감정을 수용해 주는 태도를 배웠다. 거울로 비추듯이 자녀의 감정을 헤아려서 '너의 감정이 지금 이런 게 맞니?'하고 확인하는 듣기였다.

반영적 경청을 배우면서 자녀들의 마음에는 관심을 두지 않았다는 사실을 알게 되었다. 내 마음대로 미루어 짐작하고 내가 하고 싶은 말만 무조건 했다. 가족 간의 사랑은 저절로 유지되는 줄 착각했다. 사랑은 감정에서 시작되지만, 이성을 작동시켜서 계속 유지해 가고 키워가야 한다는 것을 몰랐다. 우선 관심을 가지고 아이의 마음을 살피고 읽어주는 것부터 연습하기 시작했다. 나태주 시인의 〈풀꽃〉처럼 의식적으로 관심을 가지는 연습부터 시작했다.

> 자세히 보아야 예쁘다
> 오래 보아야 사랑스럽다
> 너도 그렇다

아이들과 대화하는 것이 중요하다고 생각하면서 급한 마음을 우선 내려놓기 시작했다. 아이가 말을 걸어오면 하던 일을 잠시 멈추고 아이의 눈을 바라보았다. 처음에는 아이도 나도 살짝 어색했다. 늘 대충 눈 맞추고 대충대충 듣고 대답하던 엄마가 눈을 맞추기 시작한 것이다. 아이의 말을 들으면서, 아이의 눈을 보면서 우리 아이가 이렇게 크고 있구나 하는 것을 알게 되었다. 자세히 보니 더 예뻤고, 느긋하게 바라보니 더 사랑스러웠다.

"음~ 말해봐. 엄마가 뭘 도와줄까?" 하면서 눈도 마음도 손도 열고 다가갔다. 무조건 모든 얘기에 '반영적 경청'을 하려고 했더니 무리가 따랐다. 들어줄 시간이 없을 때도 있었고, 마음이 열리지 않을 때도 있었기 때문이다. 그러다 모든 얘기를 반영적 경청으로 하지 않아도 된다는 것을 배웠다. 아이가 '엄마 나 좀 도와주세요'하고 도움을 요청할 때 적극적으로 반영적 경청을 해 주면 되는 거였다.

내가 하는 말을 듣고 있는 아이들의 눈동자를 볼 수 있게 되었다. 아이의 마음을 살피려고 노력하기 시작하면서 아이에 대해 조금씩 더 알아가게 되었다. 내가 관심을 가지고 마음을 열면서 다가가니까 아이들은 기다렸다는 듯이 자기들의 마음도 열어 주었다. 마주보고 서로 마음을 주고받는 것이 대화라는 것을 알게 되었다. 자연스럽게 문제가 있을 때만 대화하는 것이 아니라 서로 고맙다는 말도 사랑한다는 말도 더 늘어나게 되었다. 참 이상한 것은 사랑한다고 말할 때 사랑이 더 커진다는 것이다. 사랑을 받을 때보다 사랑을 줄 때 더 행복하다는 것을 알게 되었다.

아이들의 마음에 관심을 두게 되자 아이들의 입장에서 생각할 수 있게 되었다. 아들이 일기를 써야 하는 숙제를 앞에 두고 한참을 쓰지도 않고 앉아 있었다. 왜 빨리 써서 끝내면 될 텐데 안 하고 있는지 이해가 되지 않았었다. 말을 할까 말까 하고 기다려도 쓰지 않고 있어서 최대한 부드럽게 물어보았다.

“일기 안 쓰고 뭐 하니?” 그랬더니 “생각하고 있어요.”라고 대답하였다. 속으로 무슨 생각을 그렇게 한참 하냐 싶었다. “응 그렇구나. 무슨 이야기를 쓸까를 생각하는 중이구나. 알았어.”하고 기다려 봤다. 한참 뒤 일기를 다 쓰고 나왔다. 나중에 살짝 읽어보니 정말 생각하고 썼다는 걸 알 수 있었다. 아하, 우리 아들은 생각을 많이 하는 아이였구나. 생각이 정리되어야 글을 쓸 수 있는 아이였구나. 그제야 아들이 생각을 많이 하는 사람이라는 걸 알게 되었다. 행동을 먼저 하는 나는 생각을 먼저 하는 아들이 답답하게 느껴졌던 것이었다. 나와 아들이 매우 다르다는 것을 처음으로 크게 깨달은 날이었다.

그 후부터 아들을 대할 때는 먼저 느긋하게 마음을 먹고 기다려 주었다. 아들이 뭔가를 요구할 때도 왜 이런 말을 하는지 생각해 보려고 노력했다. 이렇게 하자 예전처럼 잘 지내다가 한 번씩 서로 화를 불끈 내서 대화가 단절되는 일들이 훨씬 줄어들었다.

아들과 내가 서로를 사랑의 눈빛과 표정으로 볼 수 있게 되기까지 함께 노력했다. 관심을 가지고 이야기를 들어 주려 하고, 서로 다를 때는 서로의 입장에서 생각해 보는 시간을 가지기도 했다.

가족 간의 대화는 저절로 되는 것이 아니다. 서로가 관심을 가지고 서로의 이야기를 들어 주려고 할 때 대화가 이루어진다. 서로를 향한 고마움을 표현하면서 시작해 볼 수도 있다. 영어 과외를 안 갔다고 말하는 아들에게 "응, 알았어." 하고 더 캐묻지 않고 그냥 두었다. 잠시 후 방에서 들려 온 소리는 "어머니 사랑해요." 가기 싫은 자기 마음을 이해해줘서 고맙다는 거였다.

제 4 장

결국은 가족이다

다시 돌아올 보금자리

딸이 여섯 살, 아들이 네 살 때 유치원 교사 임용시험 공부를 했다. 포항에서 살면서 여름에 한국방송통신대학교 유아교육학과 마지막 학기를 마쳤다.

결혼하기 한 달 전에 유아교육학 공부를 시작했다. 학습지 교사를 하면서 단순히 아이들이 궁금하다는 한 가지 이유로 방통대에 입학원서를 내서 합격했다. 그 후 신랑을 만나 두 달만에 결혼하게 되니 신혼여행과 중간고사가 겹치게 되었다. 한 달 후에는 아기도 가졌다. 그당시에는 임신이 몹시 어려울 때가 아니었지만, 그래도 늦은 나이에 결혼해서 바로 아이가 생겼으니 얼마나 감사한 일인가. 1학기는 억지로 마쳤지만 2학기부터는 좀 부담이 될 것 같아서 휴학을 했다. 말이 휴학이지, 나는 공부를 잊고 살았다. 둘째까지 낳고 아이들이 자라는 것을 보면서 정말 잊었었다.

그러다 울릉도로 이사 가서 살고 있을 때 신랑이 "공부하던 걸 마저 해야 하지 않겠냐?"고 물어왔다. 지금 보면 이때부터 신랑이 내 인생의 코치가 되었던 것 같다.

울릉도에서도 방통대 공부하는 사람들이 있었다. 출석 수업은 대구로 가서 들어야 했다. 1학기 출석 수업 첫날 조를 짜서 조별 과제를 준비하면서 언니를 사귀게 되었다. 마침 언니의 동생은 대구에서 살았으며, 남편이 울릉도 장학사였다. 연결점을 찾고 나니 친해지는 것은 시간 문제였다. 나는 출석 수업 기간 동안 그 언니의 동생 집 안방에서 언니와 함께 잤다. 이때 우리 조원들과도 같이 밥 먹고 과제하면서 친해졌다.

그때 있었던 일 중에서 아직도 기억하는 특별한 사건이 있다. 밥을 먹다가 시집 식구 얘기가 나오기 시작했다. 나보다 나이가 한참 어린 젊은 새댁이 고민이 있다면서 얘기를 꺼냈다. 시아주버니 즉 남편의 형님이 이혼하셔서 조카를 시어머님이 맡아 키우게 되었다고 한다. 그 새댁은 어린아이를 키우고 있어서 공부하랴 아이 키우랴 혼자서 힘들어 하고 있는데, 시어머니께서 조카를 데려다 키워 주기를 바란다는 것이었다. 아무래도 시어머니는 시골에 사시니까 작은며느리가 맡아 줬으면 하는 바람이었다고 한다.

그 자리에 앉아 있던 우리 대여섯 명의 조원들은 하나같이 이구동성으로 안 된다고 했다. “조카를 데려다 키우다 잘못 키우면 어떻게 할 거냐?”, “사춘기가 되면 반항하고 할 텐데 그때는 어떻게 할 거냐?”, “자기 주변에서 그런 경우 봤는데 나중에 안 좋게 되더라.”, “시어머니가 좀 섭섭해 하셔도 지금 못한다고 말하는 게 뒤탈이 적다.”, “착해서 고민하고 있다. 고민할 필요도 없이 거절해야 한다.” 등등.

다른 사람들 의견에 동조하지 않고 듣고만 있던 나에게 물었다. “언니는 어떻게 생각하냐.”고. 내가 만약 결혼을 안 했다거나, 아이를 안 키웠다면 나도 다른 사람들과 같은 생각을 했을 것이다. 결혼해서 막상 아이들을 키워 보니까 가족이라는 울타리가 얼마나 좋은지 알게 되었다. 나에게 물어보지 않으면 가만히 있으려고도 했는데 물어보니 내 생각을 말해야 했다. 사실 처음에는 조심스러웠다.

주위 사람들이 나보다 결혼 생활 경험도 많은데 뭘 모르는 내가 이렇게 말해도 되나 싶었다.

“남편의 생각은 어떤 거야?”

“언니, 우리 남편은 조카가 안쓰러워서 데리고 오기를 바래요.”

“그러면 남편 말대로 집으로 데리고 오면 어떨까?”

“저도 그래서 고민하는데, 애도 키워야 하고 조카도 돌봐야 하고 너무 힘들 거 같아요.”

"혼자서 하기에 너무 힘들다는 얘기지. 남편한테 당신이 원하면 조카를 데리고 오자. 대신에 나 혼자서는 힘드니까 당신이 나를 좀 도와 달라고 말하면 어떨까?"

내 말을 듣고 생각을 해 보겠다고 했다. 그리고 우리는 출석 수업이 끝나면서 헤어졌다. 늘 마음에는 과연 '그 집의 문제는 어떻게 되었을까?' 궁금했지만, 알아볼 생각은 못 했었다.

2학기 출석 수업도 대구에서 받았다. 같은 과이기에 만날 수 있지만, 신청을 안 하면 못 만날 수도 있었다. 그런데 그 새댁도 왔다. 점심 때 지난번 조원이었던 분들과 같이 밥을 먹으면서 조카는 어떻게 되었냐고 물어보았다. 기쁜 얼굴로 이야기해 주었다. 그날 집에 가서 남편에게 자기를 도와주면 조카를 맡아서 키워보겠다고 했단다. 남편이 고마워 하면서 조카를 데리고 왔다. 남편과 함께 조카를 돌보던 중 큰아주버니가 아주 좋은 여자분을 만나서 재혼을 하게 되었다. 재혼하면서 조카도 데리고 갔다. 그 후 남편은 그때 일을 두고두고 고마워 하면서 아내에게 잘 한다고 했다. 속으로 다행이라고 '휴' 하면서 대견하다고 격려를 해줬다.

지난번에 얘기할 때 조카를 데리고 와서 키우면 조카에게 가족을 만들어 주고 가정이라는 울타리를 만들어 주어서 좋은 일이지 않겠냐고 말했다. 조카가 커서 독립할 때까지 잘 돌봐주는 것만으로도 좋은 일을 하는 거라고. 독립해서 나간 뒤 찾아오지 않아도 잘 살아주는 그것만으로도 충분하지 않겠냐는 이야기도 했었다. 정작 결단하기가 힘들었지, 조카를 몇 달만 돌보게 된 거였다.

우리는 끝을 알 수 없어서 아예 처음부터 시도조차도 하지 않으려고 할 때가 많다. 만약 이 새댁도 끝끝내 조카를 밀어냈다면 남편과 시어머니와의 관계도 영향을 받았을 것이다. 주어지는 그순간에 할 수 있는 걸 해야 하는 게 좋다는 걸 다시 또 확인했다.

이렇게 복학을 해서 공부를 마치고 난 뒤 신랑은 나에게 임용시험에 응시할 것을 권했다. 마침 나이 제한도 없어진 뒤이고 해서 '한번 해보지 뭐'하고 덜컥 시작했다. 집에서 도서관으로 왔다갔다 하면서 하다 보니 제대로 공부하는 시간이 얼마 없었다. 이런 나를 보고 신랑이 또 제안했다. '부산에 있는 동생들 집에 가서 공부하는 게 어떻겠냐고?' 들어보니 좋은 생각인 것 같았지만, 아이들이 마음에 걸렸다. 아직 어린데…. 장모님과 형님과 아빠가 있으니 아이들은 괜찮지 않겠냐고 해서 임용시험 공부를 시작했다.

바로 밑의 큰동생네 집에서 근처 도서관을 다니면서 임용

시험 공부에 매진했다. 아이들과는 전화 통화하고 신랑이 가끔 아이들을 데리고 오기도 하였다. 우리 딸은 이때부터 엄마를 그리워 하는 마음이 더 커졌다. 온종일 공부하지만, 정리가 잘 안 되고 암기가 잘 안 되었다. 그러다 보니 공부가 힘들고 재미가 없었다. 시험 때가 되니 얼마나 부족한지를 알 수 있었다. 도서관에서 만나 알게 된 동생과 함께 신랑 차를 타고 시험 지역으로 신청한 광주로 갔다.

시험을 마치고 집으로 돌아오는데 마음이 얼마나 시원하고 좋던지. 시험 생각은 잊어버리고 집에 가면 가족을 볼 수 있다는 것만으로 너무 좋았다. 엄마 보고 싶다고 울거나 떼쓰지 않고 잘 참아준 아이들이 고맙고, 수고해 주신 어머니와 사촌오빠도 고마웠다. 물론 신랑이 제일 수고가 많았지만. 집 떠나봐야 안다는 말처럼 집으로 돌아오니 마음이 푸근해지고 편안해졌다.

아이들을 만난 기쁨이 가라앉고 나니 시험을 못 본 게 너무 미안했다. 신랑에게 "시험 잘 못 봤는데 어떡하지?" 했더니, 공부하느라 고생했다는 말부터 했다. 제대로 공부할 시간도 여건도 안 되어서 그런 걸 어떡하겠냐고 하면서 수고했다고 속상해 하지 말라고 했다. 오히려 내가 위로를 받았다. 그때 '아, 가족이란 이런 거구나. 잘 못 하고 실패해도 괜찮다고 수고했다고 말해 주고 따뜻하게 맞아 주는 거구나' 하는 걸 알게 되었다. 애들까지 떼놓고 공부하면서 그것밖에 못 했냐고 비난해도 할 말이 없었을 텐데.

그 후 우리 가족은 부산으로 다시 돌아왔고, 다음해 봄부터 나는 어린이집 교사로 일하기 시작했다. 가족들과 떨어져서 공부하는 것보다 함께 있으면서 일하는 게 훨씬 행복했다. 어린이집 일이 마음은 행복하지만 사실 몸은 아주 고된 일이다. 그렇지만 집으로 돌아와 가족들과 함께 저녁을 먹고 같이 시간을 보내면 그 피로들을 다 잊어버린다. 낮에 일하고 밤에 가족들과 마주보고 얘기하고 쉴 수 있는 게 얼마나 감사한 일인지 모른다.

임용에 실패한 나를 따뜻하게 맞아준 신랑과 가족 덕분에 지금까지도 하고 싶은 일과 공부를 계속하고 있다. 마음 같아서는 건강이 허락하는 한 계속 일을 하고 싶다. 각 가정이 행복해지도록 도와주는 일을 힘 닿는 데까지 하고 싶다.

이제는 내가 우리 아이들에게 이런 따뜻한 가족과 가정을 제공해 주고 싶다. 5월 연휴에 딸이 집으로 내려왔다. 집에 오자마자 "와, 우리 집이 제일 좋아. 엄마 보고 싶었어."라고 말해 주니 얼마나 고마운지 모르겠다. 낯선 환경에 적응하느라 몸도 마음도 힘든 부분들이 있었을 텐데 잘 지내고 내려왔다. 밤늦게 도착했지만 얘기하느라 새벽이 되어서야 잤다. 학교에서 만난 친구들 이야기를 많이 했다. 그중 친한 친구들이 몇 생겼다고 했다. 안심이 되었다. 아빠가 지금 곁에 없어서 대학에서 친구들과 비교되지 않을까 조금은 염려를 했다. 사람은 누구나 자기의 처지가 나쁠수록 다른 사람과 비교하기 쉬우므로 걱정이 되었다.

내려오기 전에 통화하면서 수업 시간에 〈파더 쇼크〉라는 다큐멘터리를 봤다고 했다. 그 다큐멘터리를 보면서 아빠 생각이 많이 났으며, 할아버지는 말씀을 별로 안 하시는 분이었는데, 아빠는 우리에게 너무 잘 해 주었다고. 아빠가 좋은 아빠 되려고 노력을 많이 하신 거였다는 걸 알게 되었다고 했다. 그러면서 같이 핸드폰을 붙잡고 울었었다. 아빠에 대해 그리움이 혹 딸을 의기소침하게 하지 않을까 걱정했었다. 그러나 아빠가 얼마나 큰 사랑을 주었는지를 오히려 확인하면서 친구들과 잘 사귀고 있는 모습이 대견했다.

다음날 아들도 기숙사에서 나와 오랜만에 할머니와 온 식구들이 한집에 있게 되었다. 동생은 누나한테 공부 열심히 안 했던 거 후회한다고, 누나 말 들을 걸 잘못했다고 했다. 누나는 지금이라도 열심히 하면 되고 요즘 매일 늦게까지 공부해서 힘들어서 어떻게 하냐고 걱정을 했다. 딸 친구들도 남동생에 대해서 많이 들어 잘 알고 있다고 했다. 자주 동생이 공부하느라 힘들 것 같다고 걱정하는 얘기를 했더니 다들 궁금해 한다고 했다.

일요일에 우리 가족과 큰동생네 부부가 함께 건천에 있는 산소에 갔다. 우리 할머니와 아버지 산소를 돌아보고 찬송과 기도를 드렸다. 두 분 산소는 철쭉이 활짝 피어 꽃동산을 이루고 있었다. 지난주에 작은고모 내외분이 오셔서 잡초를 다 뽑아 주신 것도 모르고 깨끗하다고 감탄하고 왔다. 나중에서야 알았다.

신랑은 제일 아래쪽에 있다. 평장이어서 대리석 판만 닦으면 되었다. 조화를 바꿔 꽂아 주고 추모 예배를 드렸다. 눈물이 그냥 흘렀다. 비문에 쓰여 있는 말대로 "아, 생각만 해도 참 좋은 당신!"이었다. 아들이 큰 소리로 찬송가를 부른다. 그 목소리에서 정성이 느껴졌다. 묘비에 있는 신랑 사진을 보면서 평소에 얘기하듯 얘기를 하다가 왔다.

다음날 딸은 서울로 올라갔다. 밥 잘 챙겨 먹으라 당부하면서 보냈다. 언제든지 힘들 때면 집으로 내려오면 된다는 걸 딸도 알고 있을 것이다. 앞으로도 이렇게 아이들은 자기가 있는 곳에서 살다가 언제든 가족이 보고 싶으면 집으로 와서 쉬었다 갈 것이다. 지친 몸과 마음에 사랑을 다시 채워서 새 힘을 얻어 자기가 있던 곳으로 갈 것이다.

언제든지 와서 편안하게 쉴 수 있는 포근한 보금자리가 되도록 잘 지켜 나가는 게 엄마인 나의 역할이다. 기쁜 마음으로 이 역할을 감당하리라.

열심히 살아가는 이유

어제 동료와 전화를 했다. 남편의 사업이 잘 안 되어 신경을 쓰다 보니 두통이 심하고 일도 손에 안 잡힌다고. 하지만 7살 된 딸을 보면서 다시 기운을 얻었다고 했다. 딸아이가 없었다면 회복하는데 시간이 더 걸렸을 수도 있었을 것이다.

나도 마찬가지이다. 1년 전 신랑이 하늘나라로 먼저 간 뒤 아이들은 학교로, 나는 강의가 있는 곳으로 갔다. 아침에는 떠오르는 해가 있어서 슬픔에 잠길 사이도 없이 나갈 수 있었다. 낮 시간을 보내고 지는 해를 보면서 집으로 돌아오다 보면 쓸쓸함과 슬픔이 몰려 왔다. 신랑이 보고 싶어 한 손으로는 핸들을 잡고 한 손으로는 휴지로 계속 흘러내리는 눈물을 닦곤 했다. 집에 도착해서 차를 주차하면서 콧물을 풀고 눈물을 마저 잘 닦고 계단을 올라온다. 이렇게 살면 뭐하나, 따라가고 싶다는 게 이런 마음인가, 내가 없으면 우리 아이들은 어떡하나. 그러다 집 현관문 앞에 도착할 때는 '그래도 살아야지. 아빠도 없는데 엄마라도 잘 살아 있어야지'하고 코에 힘주고 "흥" 한 번 하고 문을 연다. "다녀 왔습니다~" 힘차게 말하며 웃으며 들어선다. 어머니와 아들과 저녁을 먹고 이야기하면서 신랑은 가슴에 담아 놓는다.

그러다 11시 다 되어 딸을 데리러 학교로 간다. 돌아오는 길에 오늘 아빠가 보고 싶었다고 말하고 살짝 눈물을 훔치면 딸이 '그랬냐'고, '괜찮으냐'고 물어봐 줬다. 어떤 날은 딸도 아빠가 보고 싶어서 울었다고도 했다. 그런 딸을 보면서 힘들어도 네가 더 많이 힘들겠구나 싶었다.

언젠가 딸이 물어왔다. "엄마는 아빠가 없어서 힘든 것으로 어떤 게 있느냐?"고. 여러 가지 있지만, 강의가 있는 날 마치고 들어오면 오늘 어땠냐고 물어보는 사람이 없는 게 힘들다고 말했다. 딸은 자기가 앞으로 물어봐 주겠다고 했다. 그 후 가끔 물어봐 주었다. 말해 주지 않는 것보다 위로가 되었다.

그러고 보니 나에 대해 늘 관심 가져 주고 물어봐 주고 하던 상대는 신랑이었다. 함께 있는 동안에는 그게 생활이어서 특별하다는 생각 자체를 못했었다. 부모가 자녀들에게도 관심을 두는데, 그것은 일방적인 부모의 관심이고, 부부 간의 관심만큼 크지는 않은 것 같다. 자녀들은 부모로부터 관심을 받는 데 익숙하다. 더러는 지나친 관심으로 불편해 하고, 그냥 내버려 두라고 할 정도이다. 어쩌면 부모도 자녀들에게 관심받고 싶어 하는 마음이 들어 있는지도 모르겠다.

부모교육 강의를 하면서 부부 사이에 대해서는 가능한 자제하고 있다. 신랑도 옆에 없으면서 얘기한다는 게 설득력이 없어 보였기 때문이다. 강사는 지식을 전달하지만, 자기가 살아보고 경험한 것을 전달할 때 더 설득력이 있다는 걸 잘 알고 있다.

요즘 하고 있는 "지역 도서관 부모교육 특강"은 10회 차의 특강이다. 자주 얼굴을 보고 아이들과의 관계를 나누다 보니 끝마칠 때가 다가온 지금은 남편과의 관계도 자연스럽게 나온다.

꼼꼼한 남편이 아내의 지출에 대해 몇 마디했다고 한다. 아내도 최소한으로 아껴 쓰면서 생활하고 있다고 했다. 남편에게 서운한 마음이 들면서 마음을 닫아버리고 싶다는 생각이 들었다고 한다. 화가 나면 소리를 치면서 화를 밖으로 뿜어낼 수 있다. 하지만 그렇게 화를 내고 싶지조차 않을 때도 있다. 냉정하게 대해서 상대를 밀어내는 것으로 화를 표현하기도 한다. 나도 아직 이런 냉담한 모습이 남아 있는데, 이 아내도 그런 마음이 있다고 했다. 그러면서 자연스럽게 남편과의 관계에 관해 얘기하게 되었다. 혹시 남편이 하자고 하는 대로 따라 하면 큰일이 나는지 물어보았다.

내 질문에 아내가 금방 심각한 표정을 지었다. 생각해 보지 못했던 걸 들어서 놀라면서 그럴 수도 있다는 표정이었다. 가족을 위해 수고하고 애쓰는 남편의 마음을 우선 받아 주는 것이 필요하다고 말했다. 남편과의 관계는 늘 좋게 유지하면서 서로의 마음을 주고받으라고 했다. 적어도 이 세상을 살아가는 동안 언제든 나를 수용해 주는 한 사람이 있어야 하지 않겠냐고. 그 상대가 아내이고 남편이면 좋겠다는 거다. 우선 남편을 있는 그대로 수용해 주고 존중해 주는 것부터 시작하자. 그렇게 자꾸 하다 보면 언젠가는 남편도 아내를 똑같이 대해 주지 않겠는가. 준 것도 없이 받으려고 하는 것은 도둑놈 심보다.

살아가면서 언제나 나를 받아 준 사람이 있는 인생도 있고, 그런 사람을 만나보지 못하고 살아가는 인생도 있다. 받아 본 사람은 아니까 그렇게 하기가 쉽다. 봐 온 게 있으니까, 받았을 때 그 마음을 경험했으니까. 그러나 그런 사랑과 수용을 받아보지 못한 사람에게는 쉬운 일이 아니다. 남편이 하자는 대로 했을 때 어차피 둘 중 하나는 감수해야 한다고 말해 줬다. 경제적으로 손해가 생기면 몸고생 좀 하고, 심리적으로 어려움이 생기게 되면 마음고생 좀 하고. 두 가지 고생을 모두 하지 않는 인생은 없지 않겠냐고 했다. 아내들이 남편의 의견을 다 수용해 주지 않는 이유 중 첫 번째는 경제적인 손실이 예상되기 때문이다. 그 손실을 막으려고 하다 보니 남편의 마음을 잃고마는 실수를 저지르게 된다. 차라리 마음 얻고 손해 좀 보는 게 낫지 않겠느냐는 말이다.

그 자리에 있던 엄마이자 아내인 참가자들이 다같이 고민하는 모습을 봤다. 얘기가 계속 이어질수록 갸우뚱하던 고개가 끄덕여지는 사람도 있었다. 얘기를 다 마칠 때까지 받아들여지지 않는 사람도 물론 있었다.

다음주 마지막 강의 때 가서 들어보면 어떤 일들이 있었는지 알게 될 것이다. 생각만 해도 기대가 된다. 남편과의 관계에서 어떤 작은 변화가 시작되었는지 듣고 싶다. 상상만 해도 미소가 지어진다. 분명 어느 한 집에선 변화가 시작되었을 것이다.

이날 강의를 들었던 한 참가자가 강의가 끝난 후 내게 피드백을 해 줬다. 부부 사이에 대한 강의를 해 주셔서 좋았다고. 남편과의 관계에 대해서 새롭게 생각하게 되었다고 했다. '아 그렇구나. 암으로 남편을 먼저 보낸 아내가 어떻게 부부교육을 할 수 있을까'하고 덮어 두려고 했는데 꼭 그렇지가 않구나. 남편과 한 번도 싸워본 적이 없고 서로서로 수용하고 존중해 주고 사랑을 표현하고 살 수 있다는 것을 알려 주어야겠구나. 남편이 옆에 있을 때 더 많이 사랑하며 사는 방법이 있다는 것을 알려 주어야겠다는 생각을 시작하게 되었다. 그렇게 사는 부부가 있다는 걸 가까이에서 별로 본 적이 없어서 부부싸움은 당연한 거고, 많이 싸우는 부부가 더 사이가 좋은 거라고.

물론 그럴 수도 있다. 하지만 꼭 그렇지 않을 수도 있다는 말을 하고 싶다. 친구끼리도 어릴수록 자주 싸우고 다시 놀고 한다. 그러나 어른이 되면 친구 사이에 싸울 일이 없어진다. 오해가 생기면 서로 얘기하면서 풀어버리면 된다. 힘들다 하면 힘들겠구나 하고 위로해 준다. 기쁜 일이 생기면 같이 기뻐한다. 부부 사이도 이렇게 성숙해 가야 하지 않겠는가. 살면서 서로 포기를 해 가는 게 아니라 사랑으로 감싸줘야 하지 않겠는가. 세월에 비례해서 사랑이 점점 더 커져야 하는 게 아니겠는가.

이십 대 후반에 ≪아직도 아물지 않은 마음의 상처≫의 작가인 찰리 쉘 박사님의 강의를 들은 적이 있었다. 그때 이 책이 국내에 처음 번역되었으며, 이 책을 중심으로 일주 동안 강의하셨다. 강의 내용은 거의 기억 나지 않지만, 아직도 잊지 못하는 장면이 있다. 아내를 얼마나 사랑하는지에 대해 이렇게 말씀하셨다. "처음 결혼해서는 아내는 요만큼 사랑했다(양팔을 포개듯이 모으면서). 그런데 지금은 결혼해서 살아 온 시간만큼 더 많이 사랑한다." 하시면서 최대한 팔을 크게 벌려서 사랑을 표현했다. 그리고 난 뒤 맨뒤에 앉아 있던 스웨터 차림의 호호 할머니를 소개했다. 이렇게 많이 사랑하는 아내라고. 그 하얀 머리의 행복한 노부부의 모습을 평생 잊을 수 없다.

이때 처음 깨달았다. 부부는 살아가면서 사랑을 더 많이 키워가는 것이구나. 살면서 원수가 되는 게 아니고, 그냥 정에 사는 것이 아니구나. 내가 만약 나중에 결혼한다면 '나도 저렇게 말할 수 있는 사람이 되어야지' 하는 결심을 했다.

나처럼 남편이 옆에 없는 사람은 어떻게 해야 할까? 걱정할 필요없다. 다른 가족이 있지 않은가. 어머니가 계시고 아이들이 있다. 그들을 수용하는 것부터 시작하면 된다. 실제로 우리 가족은 신랑을 보낸 뒤부터 서로가 서로에게 더 관심을 가지고 잘 하려고 노력하기 시작했다. 소중한 사람을 먼저 보내봐서 그 소중함이 어떤 것인지를 알게 되었기 때문이다. 언제까지나 함께 살 수 있는 게 아니라는 걸 겪어봐서 알게 되었다. 서로를 측은하게 보는 마음이 작용하는 것일 수도 있다. 남편 없는 엄마, 아빠 없는 아이들, 맏사위 없는 장모님…. 슬픔이 너무 깊은 상처가 되지 않도록 서로를 보듬어가려고 노력한다. 이렇게 지내다 보니 가족 간의 사랑이 차츰 더 깊어지고 있는 것 같다. 상대방의 마음을 받아주려다 보니 어느새 상대방이 내 마음을 받아주고 있다. 어쩌면 철저한 give & take일 수도 있지만, 먼저는 줘야 하는 것이 세상 이치다.

남편이 옆에 없다는 것은 이제부터는 나 혼자서도 할 수 있다고 바톤을 넘겨 받았다는 뜻이다. 물론 자의는 아니지만. 생명이 있는 한 하루하루를 어차피 살아가야 한다. 남편과 함께 뛰었던 인생길을 이제는 혼자서 뛰어간다. 혼자서 뛸 수 있을 만큼 준비가 되었다는 것이다. '내일이 먼저 올지, 죽음이 먼저 올지 모른다'는 말처럼 아무도 장담할 수 없는 인생길을 오늘이 나에게 주어진 전부인 것처럼 달려간다.

마라톤 경기를 보면 우승자는 그 뒤에 들어오는 사람들과 특별히 다른 점이 있다. 우승자는 결승점에 들어온 뒤에도 힘이 남아서 운동장을 더 돌면서(빅토리 랩) 인사를 한다. 늦게 들어올수록 지쳐서 주저앉는 경우가 많다. 나는 우리 아이들 앞에서 부모라는 바톤을 들고 달리고 있다. 단거리 경주가 아니라 주변을 돌아보면서 달리고 있다. 내게 주어진 삶을 감사함으로 받으면서 내게 있는 좋은 것을 주변 사람들에게 나누어 주면서 살아간다. 혹시 누군가의 인생에 작은 변화를 줄 수 있기를 기대하면서. 가족들과 함께 사는 동안 행복하고 따뜻한 가정을 만들어 가자고. 할 수 있다고. 나도 해 보니까 되더라고. 아내의 역할, 엄마의 역할, 교사의 역할에 대해서 함께 얘기하고 살아가자고. 언제든 도와줄 수 있다고. 신랑이 옆에 없어서 시간도 많다고….

실제로 며칠 전 동생처럼 친한 쌤(어린이집 근무할 때 만난 학부모이지만, 함께 부모교육을 공부하면서 동지가 되었다)과 통화를 하면서 언제 만날까 하다가 오늘 저녁은 어떠냐는 말이 나왔다. 마침 남편이 출장 중이라고 했다. 나는 남편이 없어서 남는 게 시간이라고 하고 달려갔다. 그 집에 가서 아이들을 보면서 행복했고, 그 쌤과 늦은 시간까지 얘기하면 서로를 격려할 수 있어 행복했다.

얘기가 끝나갈 때쯤에는 주변에 있는 다른 엄마들에 대해 안타까움을 토로했다. 그 쌤은 자기보다도 주변 사람들을 돕고 싶어 하는 마음이 큰 사람이다. 내가 스승은 아니지만, 청출어람이라는 표현이 떠오르게 한다. 밝게 큰 자녀들과 인사를 나누고 집으로 돌아왔다. 돌아올 때 차 안에서 "자기가 없으니까 시간이 많네. 덕분에 잘 만나고 갑니다."하고 신랑에게 말했다.

나의 이런 모습이 우리 아이들에게 인생 선배의 모습으로 비치기를 바란다. 엄마가 살아가는 모습을 보면서, 주변 사람들에게 한 가지라도 더 좋은 것을 전해 주기를 바라는 모습 속에서 아이들의 인생이 그려지기를 바란다. 엄마가 살아가는 것처럼 나도 사람들에게 선한 영향력을 끼치면서 살아가야겠구나. 하루하루 열심히 살아가는 모습을 보니 나도 더 열심히 살아야지. 행복하게 살고, 행복을 전염시켜야지. 이런 것들을 모델링해 주고 싶다. 열심히 사는 인생이 행복한 인생이니까.

모든 것은 가정에서 배운다

아이들이 가정에서 배워야 하는 게 뭐냐고 묻는다면 나는 두 가지를 얘기할 것이다. '사랑과 한계'라고. 조금 더 풀어 말하면 조건없는 무조건적인 사랑과 적절한 한계이다.

아이들이 엄마인 내 말을 잘 들을 때 착하다, 예쁘다고 한다. 반대로 내 말을 잘 듣지 않을 때는 나쁘다, 밉다라고 한다. 내 마음에 들면 착한 아이, 좋은 아이이고, 마음에 들지 않으면 못된 아이, 나쁜 아이이다. 부모와 자녀 간에 이런 사랑을 주고받는다. 일명 조건부 사랑이다. 말이 좀 안 맞는 것 같다. 사랑에 어떻게 조건이 붙일 수 있을까? 하지만 실제로는 조건을 붙여서 아이들을 양육한다.

내가 아이들을 어떻게 대했었는지 돌아보면 금방 알 수 있다. 시험 공부를 열심히 하고 있는 아들을 볼 때는 미소가 그냥 지어진다. 간식 하나라도 더 챙겨주려고 애를 쓰게 된다. 같은 아들이지만 그 아들이 시간 있다고 계속 게임만 하고 있는 모습을 보면 속에서 싸악~하고 다른 마음이 올라온다. 어떻게 온종일 게임만 하고 있지, 해도 너무 하는 거 아냐 하면서 미움이 올라온다. 내가 좋아하는 것을 하지 않고 싫어하는 것을 하고 있다고 인상이 굳어지기 시작한다. 이 순간에는 아들이 어떤 말을 해도 사랑스럽지 않다. 내 마음에서 밀어내고 있기 때문이다.

내 마음에서 이렇게 당겼다 밀어냈다 하는 걸 아들은 알까? 한 번도 물어본 적은 없지만, 분명히 알 것이다. 얼만큼 좋아하는지 말로 표현 안 하면 그 정도를 모를 수 있지만, 나를 지금 싫어하는구나 하는 것은 금방 알아차린다. 그순간 자기를 싫어한다고. 밉다는 감정으로 대하는 엄마를 바로 느낄 것이다. 이 아들은 태어나서 지금까지 나를 지켜보고 있는 사람이다. 어쩌면 내가 미처 의식하지 못하는 것들도 잘 알고 있을 수도 있다.

밀어내는 감정을 느끼고 나면 그때부터 아들은 내 눈치를 보기 시작한다. 아니면 아예 나를 의식하지 않으려고 하는 것처럼 자기가 하고 있는 것에 푹 빠져 버린다. 엄마가 나를 싫어해도 할 수 없다. 나는 내가 지금 하고 싶은 것을 하겠다는 심리가 작동해 버린다. 이렇게 되면 사이가 좀 서먹해진다. 서로 말도 하지 않기도 한다. 우리 둘만의 문제가 아니라 집안 전체에 영향을 준다. 다른 가족들의 마음도 좀 불편한 채로 지나가게 된다.

반대로 아이가 마음에 들지 않는 행동을 해도 어느 날 수용해 준 적이 있었다. 1주일에 2번 가는 영어 과외를 더러 안 갈 때가 있었다. 지난달 언젠가도 토요일 강의 나갔다 들어와 보니 아들이 방에서 핸드폰을 보고 있었다. 게임을 좀 하다가 끄고 쉬면서 핸드폰을 보는 것 같았다. 영어는 어떻게 했냐고 물었더니 "안 갔어요."라고 했다. 속으로 오늘 게임하느라 안 갔구나 싶었다. 그래, 그럴 수도 있지. 이유가 있거나 가기 싫었거나 하고 수용을 했다. 그러자 입에서 나간 말이 "알았어."였다.

책상 앞에 앉아 그날 내가 해야할 일을 하고 있자니 잠시 후에 방에서 들려오는 소리가 있었다. "어머니, 사랑해요." 추궁하지 않고 수용해 준 것을 아들은 사랑으로 느낀 것이다. 순간 마음 잘 다스렸더니 아들에게 사랑한다는 고백도 듣게 되었다. 그래 나도 한 번씩 해야 할 일을 하기 싫어서 안 할 때도 있는데, 하물며 너도 그렇지 않겠냐 싶었다. 아들아 내가 너를 봐 준 것처럼 엄마도 가끔 봐 주라….

딸은 초등학교 6학년 때까지 아빠가 가끔 학교에 가야 했다. 준비물을 챙겨가지 않아서 가져다 달라고 전화를 하기 때문이었다. 밤새워 일하고 온 아빠가 아침 먹고 자야 하는데, 딸이 전화하면 어쩔 수 없이 가져다주었다. 그러나 이런 일로 아빠는 아이에게 심하게 화를 내지는 않았다. 그렇다고 신나고 즐겁게 했다는 것은 아니지만, 그냥 갖다주었다. 아이는 미안해 하고, 고마워 했다. 계속 저러면 어쩌나 하는 염려가 살짝 들기도 했지만, 중학교 가서는 그래도 나아졌다. 옆에서 아빠와 딸을 바라보면서 사실 부러울 때가 많았다. 우리 딸은 좋겠다, 저런 아빠를 두어서. 늘 받아주고 사랑해 주는 좋은 아빠를 두어서. 가끔 이런 마음이 말로 튀어나올 때도 있었다. 그럴 때 아이는 행복한 얼굴로 "네~ 좋아요." 하며 웃곤 했다.

고등학교 때는 학교로 데리러 가는 시간이 갑자기 바뀌는 경우가 많았다. 특히 고3 때는 공부를 하다 보니 더 늦게 오라고 하는 날도 있었고, 지금 올 수 있느냐 하는 날도 있었다. 그것도 갑자기. 처음에는 얼떨결에 "그래 알았어!" 했다. 그러나 자주 반복되니까 살짝 짜증이 나려고 하길래 생각을 해 보기 시작했다. 공부하다 보면 리듬이 있으니까 잘 되는 날은 더 하고 싶고, 안 되는 날은 빨리 집에 오고 싶기도 하겠지. 공부하는 아이가 더 힘들까, 데리러 가는 내가 더 힘들까. 만약 내가 딸아이 입장이라면 엄마가 어떻게 해 주기를 바랄까? 이런 생각을 하다 보니 아이의 마음이 이해가 되었다. 힘들게 공부하는 아이를 도와줄 수 있는 게 데려다 주고, 데리고 오고 밖에 없다는 것을 깨달았다.

이렇게 할 수 있는 여건이 되는 것이 감사했다. 이런 생각을 하면서 마음에 작은 다짐을 또 했다. 언제든지 부르는 대로 맞춰주자, 그리고 이왕 하는 거 기쁘게 기분 좋게 하자고 마음 먹게 되니 마지 못해 대답하고, 억지로 데리러 가지 않게 되었다. 그때그때 오라는 대로 "콜~" 하면서 가게 되었다. 오히려 딸이 미안해 하면서 고마워 했다. 그 모습을 보면서 나는 감사하고 고마웠다. 이렇게 사랑을 더 키워 갔다.

아이가 부르는 대로 다 맞춰 주려고 해도 맞춰 줄 수 없는 날도 있다. 저녁에 독서 모임이나 약속이 있는 날은 사정을 얘기하고 서로 맞추어 보았다. 조절이 안 될 때 더러는 버스를 타고 오기도 하고, 친구네 차를 타고 오기도 했다. 집에 와서 미안하다고 하면 딸은 "괜찮아"하고 시원하게 넘어가 주었다. 데리러 가고 싶었지만, 데리러 가지 못한 엄마의 마음을 이해해줬다.

부모가 아무리 조건없이 사랑을 주더라도 아이들이 원하는 것을 다 들어줄 수는 없다. 한계가 있기 마련이다. 아이의 마음은 다 수용해 주려고 노력할 수 있지만, 행동은 다 수용해 줄 수 없을 때도 있다. 딸은 미술을 좋아했다. 손으로 하는 것을 뭐든지 잘하는 아빠를 많이 닮았다. 중2 겨울에 진로에 대해서 고민을 하다가 디자인 쪽 공부를 하고 싶다는 얘기가 나왔다. 신랑과 나는 서면으로 해운대로 대신동으로 미술 학원을 찾아가 상담을 했다. 형편을 따지기 전에 하고 싶은 걸 하게 해 주고 싶었기 때문이다. 그러다 대신동에 있는 디자인 전문 학원에 딸을 데리고 가서 상담을 받고 그곳으로 결정했다. 그렇게 해서 미술 학원에 다녔다. 평일과 주말에 학원을 다녔다. 재미있어 하기도 하고 힘들어 하기도 했지만, 잘 다녔다.

그러다가 중3 끝쯤 가서 진로에 대해 다시 이야기하게 되었다. 막상 아이도 다녀보니 좋기만 하지 않았고, 힘든 점들도 있었다. 기대와 다른 부분들이 있었다고 했다. 계속 디자인 쪽으로 할 것인가 말 것인가를 정해야 했다. 사실 경제적으로 부담스러운 부분이 있었다. 고등학교부터는 학원비도 더 많이 들고, 시간도 더 많이 투자해야 했다. 여유가 있다면 계속하라고 하고 싶었지만, 계속 시킬 수 있는 형편이 안 되었다. 가정 형편을 이야기했고 아이는 좀 아쉬워했지만, 부모의 얘기를 받아 들여 주었다. 그렇게 디자인 공부하던 것을 접었다.

그날 사실 많이 미안했다. 부모가 되면서 한 가지 소망한 게 있었다. 내가 가정 형편 때문에 공부를 제때 다 못해서 우리 아이들은 하고 싶은 공부를 가정 형편 때문에 그만두는 일은 없었으면 좋겠다는 거였다. 그런데 이런 일이 생기니까 정말 미안하고 속상했다. 이런 부모의 마음을 이해해 주듯이 딸은 다시 공부에 집중해 주었다. 나중에 한 이야기는 그래도 그때 미술 학원에 다니게 해 주어서 고마웠다는 거다. 다녀봐서 미련을 갖지 않게 되었다고 했다.

아이들을 키우면서 어릴 때 자주 했던 말이 있다. 우리 집은 원하는 것을 다 살 수는 없다. 그러나 꼭 필요한 것은 살 수 있다고. 특히 마트에 갈 때는 특별한 날이 아닌 경우에는 필요한 것만 사서 오는 걸로 알고 있다. 그러다 보니 마트 가는 것을 그렇게 좋아하지 않았고 따라 가려고 하지 않았다. 원하는 걸 다 살 수 없지만, 꼭 필요하면 살 수 있도록 부모가 노력한다는 것을 아이들이 자라면서 이해하게 되었다.

부모교육 강의를 하면서 많이 듣는 질문 중 하나가 때리는 아이는 어떻게 해야 하냐는 거다. 아이가 귀엽다고 어른들을 때려도 웃고 받아 주었더니 커서도 때리고, 어린이집에 가서 친구들도 때린다는 거다. 우리 아이들도 어릴 때 서로 때리려고 할 때가 있었다. 그때 아이들에게 단호하게 말했었다. “세상에는 사람이고 동물이고 때리면 안 돼. 마음대로 때릴 수 있는 것은 아무것도 없어!” 서너 번 정도 얘기한 것 같다. 이렇게 말하면서 나부터도 아이들을 때리지 않으려고 노력했다. 부모로부터 맞지 않은 아이들은 다른 사람을 잘 때리지 않는다. 부모가 잘 해 주다가도 화가 났을 때 때리면, 이 아이도 다른 친구나 사람을 때리게 된다. 말과 행동을 같게 하면 아이들이 따라 하기 훨씬 쉽다.

또 인사하는 문제를 묻는 엄마들이 더러 있다. 인사를 잘 하는 아이가 되었으면 좋겠는데, 우리 아이는 숫기가 없어서 인사를 잘 안 한다는 거다.

나도 똑같은 고민을 한 적이 있었다. 부산으로 다시 이사를 와서 여섯 살 된 아들과 어린이집을 같이 다닐 때였다. 아파트 입구에 있는 경비실을 지나가면서 인사를 잘 했으면 좋겠다 싶어서 지나갈 때마다 '인사해야지'하고 말해도 잘 하지 않았다. 그러다 아차 내가 먼저 본을 보여야 하는 거지 싶었다. 그 후 아들 손을 잡고 지나가면서 경비 아저씨에게 나만 인사를 했다. 아들에게 인사하라고 잔소리하지 않고 그냥 나만 열심히 했다. 처음에는 잘 따라 하지 않던 아들이 언제부턴가 따라서 인사를 했다. 어쩌다가 내가 그냥 지나치려고 하면 "엄마, 왜 인사 안 해"하면서 같이 인사를 하게 만들기도 했다. 그렇게 인사하는 습관을 들이게 되었다.

인사의 덕을 본 날도 있었다. 어린이집에서 하원하면 친정어머니께서 일 갔다가 오시면서 차에서 내리는 아이를 맞아 주셨는데, 어쩌다 시간을 못 맞출 때가 있었다. 그럴 때 아이는 경비실 아저씨들 얼굴을 아니까 그 안에 들어가 앉아서 할머니를 기다렸다. 아저씨가 주는 과자까지 먹으면서. 아마도 아이는 아저씨가 자기를 좋아한다고 생각했을 것이다.

아이들은 가정에서 부모와 가족으로부터 모든 것을 배운다. 그중에서도 자기가 잘 하든, 못 하든, 웃고 있든지, 울고 있든지 간에 사랑해 주는 그 사랑을 받고, 그 사랑을 배운다. 부모로부터 받은 그 사랑이 충만할 때 다른 사람들에게 그 사랑을 흘려보낼 수 있다. 또 하고 싶은 대로 다 할 수 없는 한계가 있다는 걸 배운다. 포기해야 할 것도 있고, 힘들어도 해야 하는 것도 있다는 것을 배운다. 이 두 가지를 자녀들에게 가르쳐 준다면 이걸 가지고 세상에 나가서 힘차게 살아갈 수 있을 것이다.

어쩌면 부모가 자녀들에게 사랑과 한계를 가르쳐 주면서 부모도 다시 배우는 것일 수 있다. 자녀에게 조건없는 사랑을 주면서 그 사랑을 받기도 하고, 자녀에게 한계를 가르쳐 주면서 자녀에 대한 한계를 부모가 받아 들이게도 된다. 가정에서는 부모도 자녀도 함께 배우는 것이다.

네가 어떤 삶을 살든 너를 응원한다

중간 고사를 앞둔 고3 딸이 식탁에 앉아서 울기 시작했다. 시험을 잘 못 보면 어떡하냐고 하면서 울었다. 그러면서 학교에서 선생님들에게 "시험 못 보면 어떡하죠?" 했더니, 그러면서도 잘 볼 거 아니냐고 하셨다고 한다. 또 친구들에게도 시험 잘 못 보면 어쩌지 했더니, 너는 맨날 그러면서 잘 보잖아 라고해서 더 불안하다고 엉엉 울었다. 이번에는 정말 잘 못 볼 수도 있는데 하면서 울었다.

고 3 엄마가 되어 보니 수험생이 받는 스트레스가 엄청 크다는 것을 절감하게 되었다. 시험 한 번 잘 못 보면 대학이 바뀔 수도 있는 상황이 될 수도 있다는 것이다. 한 번의 실수도 용납되지 않는 구조이다. 지금까지 열심히 해 온 것도 오늘 실수하면 영향을 받게 되니 그 불안이 얼마나 클까. 서럽게 우는 딸을 보면서 아주 안쓰러웠다. "시험 못 봐도 괜찮아. 정 못 보면 전문대 가도 괜찮아." 이러자 아이가 울다 말고 나를 쳐다봤다. 진짜냐는 눈으로. "그럼, 전문대라도 가서 거기서부터 다시 시작하면 돼. 계속 공부할 수 있는 길은 얼마든지 있어.” 안아주면서 이렇게 다독였다.

예전에는 이런 말이 나오지 않았다. 열심히 하면 당연히 시험 점수도 잘 나오는 것으로 생각했다. 그러다가 고2 때 딸이 보여 준 수학 문제 푼 노트를 보고 깜짝 놀라고 말았다. 수학 문제 하나 푸는데 식이 왜 이리 긴지. 한 번 풀고 답이 나오지 않고 한 번 더 풀어야 답이 나오는 거 같았다. 그저 달달 외워서 시험을 치는 게 아니라는 걸 그때야 알았다. ‘이렇게 힘든 공부를 하고 있었구나. 앞으로 너에게 공부 가지고 뭐라고 안 해야겠구나’ 엄청난 공부를 요즘 아이들이 하고 있다는 걸 알았다.

그 후부터 야자 마치고 집에 와서 핸드폰만 보다가 자도 ‘오늘도 온종일 힘들게 공부했는데, 좀 쉬어야지’하는 마음이 들었다. 억지로 참아주는 게 아니라 진심으로 수용하기 시작했다. 시험 때마다 불안해 하는 딸을 보면서 나 자신도 생각해 봤다. ‘만약, 정말 시험을 망치면 어떻게 하지?’ 어떻게 해야 할지를 생각하다 보니 ‘어디든 들어갈 수 있는 학교를 찾아 들어가면 돼!’ 하는 결론이 나왔다. 나도 전문대에서 공부를 시작했으므로 그렇게 큰일이 아니었다. 특히 요즘은 온라인, 오프라인으로 공부할 수 있는 길이 더 다양하게 있으니까, 본인이 의지만 있으면 길은 얼마든지 있다. 이렇게 정리가 되고 나니 딸에게 담담하게 말해 줄 수 있게 되었다.

수능을 마치고 나서 좋은 점은 딸과 애기할 시간이 많이 생긴 것이다. 전문대 얘기가 나오자, 엄마는 진짜로 전문대 가도 된다는 마음이 있다는 것을 전제하고 그런 이야기를 했다고 하니까 딸이 놀랐다. 정말 그런 마음을 먹고 하는 말인 줄 몰랐다고 했다. 매순간 마음을 내려놓지 않고 그런 말을 했다면 아마도 진심이 전해지지 않았을 것이다. '시험 못 봐도 괜찮다'라는 말이 그냥 위로하려고 하는 말인 줄 알았던 것 같다.

이런 얘기가 나오기 시작하자 엄마인 나에게 고마운 점을 얘기하면서 첫째로 꼽은 것은 '공부하라고' 야단치지 않아서 고맙다는 거였다. 고 2 때는 공부가 잘 안 될 때도 있어서 집에 오면 핸드폰만 보다가 잤는데, 엄마가 뭐라고 하지 않으니까 나중에는 스스로 미안해졌다고 한다. 그냥 자기를 믿어주고 내 버려두고 다그치지 않아줘서 고맙다고 했다. 그리고 친구들은 시험 때가 되면 시험 잘 못 볼까봐 걱정하는 이유가 한 가지였다고 했다. '시험 못 보면 엄마한테 야단 맞을텐데…' 하는 걱정이었다고 한다. 그런데 딸은 엄마한테 야단맞을 걱정은 하지 않았다고 했다. 시험을 잘 못 보면 내신에 영향을 주는 것을 걱정했다고 한다. 엄마가 뭔가를 더 해 줘서 고마운 게 아니라 반대로 하지 않아줘서 고맙다고 하다니. 딸로부터 이런 말을 듣게 될 줄이야.

아들이 지난 겨울 방학 때 구청에서 제공한 필리핀 어학 연수(3주 과정)를 다녀오게 되었다. 가을에 어학연수 안내문을 들고 왔다. 예전에 누나는 형편상 가지 못했고, 누나 친구들이 갔다 온 얘기를 들을 적이 있는 프로그램이었다. 총경비의 반을 구청에서 부담해 주고 나머지 반만 개인이 부담하는 것이었다. 지원 대상자는 전액 구청에서 부담해 준다고 되어 있었다. 한부모가족으로 지원을 하지만, 더 우선인 다른 친구들이 있으면 지원이 안 될 수 있다고 내게 설명을 해 주었다. 꼭 가고 싶은지 물어보았다. 지원 대상자로 해서 지원을 받으면 좋겠다고 했다. 아들이 많이 가고 싶어 하는 것 같아 신청서에 사인하면서 선언했다. 혹시 지원을 못 받으면 그냥 자부담으로 가자. 올 한 해 여러 가지로 수고하고 애썼는데 휴가로 보내 줄게. 부담되는 거였지만, 아들에게 포상 휴가처럼 해 주고 싶은 마음이 들었다.

우리 집은 아빠와 아들의 기질이 비슷하고, 엄마와 딸의 기질이 비슷하다. 거기다가 남자들은 B형이고, 여자들은 O

 형이다. 아빠하고 아들은 일일이 말하지 않아도 서로의 눈빛으로도 마음을 알 수 있는 사이였다. 이런 아빠를 보낸 아들의 마음이 얼마나 힘이 들었을까. 그런데도 '울면 뭐하나 아무 소용도 없는데' 하면서 울지 않기로 마음을 먹고 있는 아들이다. 울어도 괜찮다고 말해줘도 아직 울지 않고 있다. 슬픈 시간을 견디고 있는 아들을 위로해 주고 싶어서 어학연수를 보내주겠다고 장담했다.

바로 테스트가 들어왔다. 며칠 뒤 담임 선생님으로부터 전화가 왔다. 더 우선 대상자인 친구가 있어서 아들이 지원을 받지 못하게 되었다고. 그순간 살짝 흔들렸다. 보내지 말까 하면서. 흔들리는 마음을 다잡기 위해 선생님께 "어학연수 갔다 오는 게 아무래도 도움이 되겠죠?"하고 하나마나한 얘기지만 물어보았다. 마치 내 마음을 아시는 것처럼 물론 그럴 거라고 하셨다. 선생님 말씀 덕분에 제자리로 돌아와서 "네, 자비로라도 가겠습니다."하고 신청을 했다. 집에 온 아들에게 마치 흔들리지 않았던 엄마처럼 그냥 갔다 오자고 쿨하게 얘기했다. 내심 미안한 마음을 오히려 내가 가지게 되었다.

1주일쯤 후에 구청에서 연락이 왔다. 지원 대상자 자리가 하나 비어서 아들이 지원받게 되었다고. "감사합니다."하고 전화를 끊으면서 이런 일도 있구나 하고 감사했다. 아들에게는 어학연수를 가는 것이 계획된 일이었고, 나에게는 돈이 들어도 정말 보내 줄 거였는지 테스트였다. 이 테스트를 통과했다는데 안도감마저 들었다. "안돼"라고 했더라면 이런 일을 경험하지 못하고 넘어갈 뻔하지 않았을까….

어학연수 전 설명회가 있었다. 부모님도 참석해야 하므로 오후에 시간을 내어 참석했다. 가보니 아는 아이와 엄마가 보였다. 아들보다 한 살 적은 학생으로, 전에 근무했던 어린이집에 다녔던 아이였다. 알고 보니 아들의 학교 후배였다.

담임을 맡은 적은 없었지만, 보면 흐뭇한 아이여서 기억에 남아 있었다. 이 아이의 엄마도 나를 기억하고 있었다. 내 손을 잡으면서 아들에게 자기 아들을 잘 부탁해 달라고 당부를 했다. 이 말을 듣고 나는 자신있게 얘기했다. 우리 집 아이에게 얘기하겠다고, 걱정 안 해도 된다고. 아마도 잘 챙겨 줄 거라고. 말을 하면서 실제로 내 안에 확신이 있었다. 아들은 도움이 필요한 사람을 잘 챙겨주고 도와주려는 따뜻한 마음을 가지고 있다는 것을 알고 있었기 때문이다. 차분하고 꼼꼼히 잘 챙겨 줄 거라는 것을. 이런 면에서는 나나 딸보다도 더 믿음이 가는 아들이다. 아들에게는 너도 동생이 없고, 그 후배도 형제가 없으니 서로 형, 동생 삼아 잘 지내면 좋겠다고 내 마음을 전했다. 아들도 어린이집 같이 다닌 것은 기

 억 못 하지만, 동생이니까 챙기겠다고 했다.

실제로 연수 기간 동안 후배와 아주 가까워졌다고 한다. 졸업식 때 후배가 졸업 선물을 주기도 했고, 그 후에도 계속 연락을 주고받는 사이가 되었다. 이 일을 통해서 내가 아들을 얼마나 신뢰하는지 알게 되었다.

≪미움받을 용기≫에 나와 있는 것처럼 신용과 신뢰는 다르다는 게 이해되었다. 신용은 뭔가 조건이 붙은 거다. 자격이 되니까, 수입이 되니까, 연체가 없으니까 등등 담보되는 뭔가 있어서 믿어주겠다는 것이다. 그러나 신뢰는 아무런 조건없이 무조건 믿어주는 것이다. 아들이 만약 후배와 친하게 지내지 못했다고 해도 그만한 데는 이유가 있었을 것이다. 최선을 다해 잘 지내려고 노력할 거라는 아들의 마음을 신뢰한 것이다. 결과는 마음먹은 것처럼 될 수도 있고, 그렇지 않을 수도 있다.

어학연수 가기 전에는 갔다 와서 열심히 공부하겠다고 먼저 약속을 했다. 하지만 다녀오고 난 뒤 마음처럼 공부가 되지 않았다. 영어 과외도 안 가는 날도 많았고, 공부 안 하는 대신 게임은 열심히 했다. 가끔 저렇게 게임만 하다가 고등학교 들어가면 힘들 텐데 하고 걱정도 되었다. 아들과 게임 문제를 가지고 관계를 해치고 싶지 않다는 마음이 컸다. 만약 게임마저도 안 하고 멍하니 있거나, 밖으로 나가버리면 그때는 어떻게 할 건가. 게임을 하고 있다는 거는 건강하고 정상적으로 살고 있다는 증거 아닌가. 공부를 잘 해야만 내 아들이고, 공부를 못하면 내 아들이 아닌가? 이런 생각을 하게 되니 아들을 좀 더 따뜻하게 볼 수 있게 되었다.

그러면서 지리산 천왕봉에 올라갔다가 내려오던 장면이 생각났다. 그 무거운 배낭을 묵묵히 메고, 아픈 아빠와 엄마와 함께 산행해 준 아들이 얼마나 고마웠는지. 자꾸 뒤로 처지는 엄마를 가다 말 다 하면서 뒤돌아보며 기다려 주던 아들이다. 앞에 가는 아들을 보면서 다짐했었다. '앞으로 네가 어떤 일을 하든 너를 응원할 거다. 이런 힘든 시간을 견뎌준 너를'

어느 날 영어 과외를 마치고 돌아오는 차에서 아들 손을 꼭 잡았다. "네가 공부를 못해도 괜찮아. 네가 얼마나 따뜻하고 좋은 사람인 걸 엄마가 알고 있어." 아들이 놀란 눈으로 쳐다봤다. "공부는 네가 알아서 하면 돼, 네가 하고 싶은 대로 해. 너는 무슨 일이든지 할 수 있는 사람이야." 아들이 고개를 끄덕이며 미소를 지었다. 물론 당장 공부를 하지는 않았다. 누나가 옆에서 방학 동안 공부하고 고등학교 들어가야 한다고 해도 좀체 하지 않았다.

그러나 건강하게 지내고 고등학교에 입학했다. 입학 후 얼마 지나지 않아 후회하기 시작했다. 누나 말을 들을 걸. 친구들이 공부를 어느 정도가 아니라 너무 많이 해서 왔다. 공부할 시간이 너무 부족하다. 시간이 너무 빨리 지나간다. 이러면서 계속 후회한다는 말을 하길래 한 번은 정리해 줬다. 후회는 그만하고 반성을 하자고. 지나간 일은 어쩔 수 없으니까, 지금부터라도 네가 할 수 있는 걸 하나씩 해가면 된다고. 그 후에도 한두 번 더 후회한다고 하다가 이제는 그 말을 하지 않게 되었다.

부모는 자녀들이 살아 있는 것 자체만으로도 감사한다. 자녀의 얼굴을 보고 살아갈 수 있는 것만으로도 행복해 한다. 자녀들이 자기 나름의 인생을 살아갈 수 있도록 옆에서 지켜봐 주고 응원해 주는 것만이 부모가 할 수 있는 역할이다. 오늘도 수행평가 과제하느라 수고하고 있을 아들에게 감사한 마음을 보낸다.

홀로 서기를 강조하는 사람들에게

"자네 인생에서 가장 행복했던 순간에 혼자였나?"

영화 ≪인 디 에어≫에서 결혼식 당일 겁이 난다고 결혼을 주저하는 신랑한테 신부의 오빠인 남자 주인공이 던진 질문이다. 결혼해서 아이 낳고 정신없이 아이 키우고 그러다 나이 들어 죽으면 그만인데, 왜 결혼을 해야 하냐는 신랑의 질문에 답을 하면서 오히려 이렇게 질문한 것이다. "아뇨"라고 대답하자, 누구에게나 부조종사가 필요하다는 말에 신랑은 마음을 바꾼다. 울고 있는 신부에게 가서 "내 부조종사가 되어줘." 하면서 프로포즈를 한다.

나에게도 같은 질문을 한다면 당연히 함께한 가족들이 생각날 것이다. 물론 행복했던 순간과 함께 슬프고 힘들었던 순간에도 가족이 생각난다. 행복한 순간에는 가족과 함께 있어서 더욱 행복했고, 슬프고 힘들었던 순간에는 가족이 있어서 견뎌 낼 수 있었다. 이 영화에서는 해고 통지를 받은 사람들이 처음에는 가족들을 걱정하면서 힘들어 하지만, 나중에

 는 가족이 있어서 그순간을 견뎌냈다고 말하고 있다.

지금 사회는 혼자 사는 것이 유행처럼 번져 나가고 있다. 앞으로 몇 년 후에는 2인 가구보다도 1인 가구가 더 많아져서 가장 많은 형태의 가구 구성 형태가 될 것이라고 한다. 성인이 된 이후 평생을 혼자 사는 사람이 있다고 해도 실제로 혼자서만 사는 것일까? 사는 그 자리에서 또 누군가와는 친밀한 관계를 맺고 서로 도움을 주고받으면서 살아가고 있을 것이다. 혼밥과 혼술이 이제는 흔한 장면이 되어 가고 있지만, 그래도 혼자보다는 다른 누군가와 함께 먹고 마시는 게 더욱 행복할 것이다.

딸이 대학에 진학하여 학교 생활관으로 들어갔다. 학기 중에만 사용하는 생활관도 있고, 방학 때도 사용할 수 있는 곳도 있다. 어느 곳으로 선택을 하는 게 좋을지 함께 의논하다가 방학 중에도 사용할 수 있는 생활관으로 정했다. 딸에게 이제 집은 네가 언제든 다녀가는 곳으로 생각하라고 했다. 네게는 학교가 생활의 중심이 되는 곳이라고 말해 주었다. 딸도 흔쾌히 알겠다고 하면서 받아들였다. 아이들과 함께 언제까지나 계속 사는 게 아니라는 걸 이제야 깨달았다. 언제까지나 함께 사는 게 아녔다. 빠르면 중 · 고등학교 때부터 집을 떠나서 생활하기도 하고, 대학이나 대학 졸업 후에는 집을 떠나는 경우도 많아졌다. 함께 생활하는 동안 부모와 자녀가 서로 좋은 관계를 맺기 위해 시간과 노력을 들여야 한다.

요즘 강의를 할 때 이런 말을 자주 한다.

"자녀와 20년 정도 같이 살면서 정말 잘 지내는 연습을 많이 해야 한다. 좋은 관계를 맺는 연습을 많이 해서 친구처럼 친하게 지내는 사이가 되어야 한다. 그래야 남은 50년 이상의 시간에 얼굴을 보면서, 밥도 같이 먹으면서, 친구처럼 서로 인생도 얘기하면서 가족으로 지낼 수 있다."

막상 이 말을 듣고 나면 대부분 얼굴들이 조금은 심각해진다. 우리 집 아이들과 나와의 사이가 어느 정도이지? 우리 아이들은 과연 내가 나이 들어도 같이 밥을 먹고 싶어 할까? 친구처럼 동지처럼 남은 세월을 잘 지낼 수 있을까?

사실 나도 이런 생각을 하면 덜컥 겁이 나기도 했다. 긴 인생에서 생각보다 아이들과 함께 사는 시간이 많지 않고, 떨어져서 사는 시간이 더 많다는 사실에 새삼 놀랐다. 그러면서 함께 사는 하루하루를 대충 보내서는 안 되겠다는 생각이 들었다. 오늘도 아이들과 함께 어떻게 하면 사랑을 더 많이 나눌 수 있는지를 생각하면서 살아야겠다고 다짐하게 되었다.

가장 쉽게 실천할 수 있는 방법은 함께 밥을 먹는 것이다. 식사 때가 되어 밥을 같이 먹으면 생리적인 욕구가 충족되어 기분이 좋아지니까 마음도 함께 좋아지게 된다. 몸도 마음도 푸근한 상태에서 우리는 좀 더 편안하게 서로 이야기할 수 있게 된다. 언제부터인지 가족들과 함께하는 식사보다는 한 집안에서도 따로따로 밥을 먹을 때가 많아졌다. 학생이라서 바쁘고, 직장 때문에 바쁘다는 핑계로 밥은 대충 때우면 된다고 생각한다. 배를 채우기 위해 밥을 먹는 것도 중요하지만, 사람은 밥만 먹고 살 수 없는 존재이기 때문에 사랑도 필요하다. 가족들과 함께 밥을 먹으면서 몸도 마음도 함께 채워가야 한다. 가족과 함께하는 식사 시간을 소중하게 생각하고 시간을 맞추려는 특별한 노력이 먼저 필요한 시대이다.

한편으로는 가족들과의 식사 시간에 대한 좋은 기억이 많아져야 더 자주 함께하려고 할 것이다. 식사하면서 서로에 대해 따뜻한 관심을 가지고 대화를 주고받다 보면 몰랐던 사실들을 알게 되기도 한다. 자연스럽게 걱정거리가 무엇인지, 친구 관계는 어떤지, 학교 생활은 어떤지 알 수 있게 된다. 부모의 근황에 관해서도 얘기할 수 있다.

예전에 식당에서 한가족을 보았다. 부모님과 십 대 아들 둘이 식사하고 있었다. 나는 그 옆 테이블에서 모임을 하고 있었다. 우리 쪽은 반가운 만남이라 서로 목소리도 커지면서 활기차게 먹고 얘기하고 그렇게 했다. 그런데 옆에 있던 가족들은 말은 별로 하지 않고 집중해서 식사만 하는 모습이었다. 맛있는 저녁을 먹으면서 너무 말이 없이 먹기만 해서 옆에서 보고 있자니 너무 안타까웠다. 한 장면만 보고 그 가족의 분위기를 평할 수는 없지만, 대화가 오고가면서 먹었으면 더 좋지 않았을까 하는 생각이 들었다.

친한 친구를 만나도 우리는 밥부터 먹는다. 함께 밥을 먹으면 더 정이 들기 때문이다. 하물며 가족끼리 함께 밥 먹는 시간은 행복한 시간이 되어야 한다. 마음만 있다면 당연히 그렇게 할 수 있을 것이다. 가족끼리 식사 시간에는 교육하려는 욕심보다 행복감을 함께 누리는 시간으로 만들려는 노력이 더 중요하다. 가족들과 함께하는 식사 시간에 대한 좋은 기억들이 쌓여야 더 자주 함께하려고 할 것이다.

오늘 저녁은 아들과 같이 먹었다. 밥을 먹던 중에 살짝 고민하는 얼굴을 보이더니 자기가 가진 것만으로 뭔가를 하려는 욕심을 너무 내는 것 같다고 앞뒤 정황도 없이 불쑥 말을 꺼냈다. 특별히 어떤 일과 연관되어서 그런 생각을 했냐고 물어보니 대답을 안 했다. 딱 꼬집어 말하기는 그렇지만 그런 생각을 하게 되었나 보다. 계속 캐묻고 싶은 마음이 들었지만 조급함을 내려 놓기로 했다.

지난 금요일에 중간 고사 성적표를 받아와서 그런가 싶기도 했다. 고등학교 들어가 처음 본 중간 고사였는데 생각한 것보다 잘 못 봐서 그러는가 하면서 다른 얘기로 화제를 바꾸었다. 아들이 자기의 생각을 말해 준 것만으로도 고마웠다. 나는 먼저 생각은 잘하지 못한다. 하지만 일단 듣고 나면 그와 관련된 생각을 해 나가려고 노력은 하는 편이다. 아들은 딸과 기질이 달라서 다른 아이로 대해야 한다. 생각을 많이 하고 말을 적게 하는 편이라 나도 같이 생각을 하게 된다. 설거지하면서 아들이 생각을 잘 풀어 갔으면 좋겠다는 바람을 가져보았다.

대부분의 부모들은 아이들이 중 · 고등학생이 되면 가능한 한 말을 적게 걸려고 한다. 말하다 보면 싸움이 일어나고, 아이들이 반항을 자주 하니까 건드리지 않는 게 상책이라는 말을 자주 한다. 나도 중 · 고등학교 때 부모님과 긴 대화를 많이 한 적이 없는 것 같다. 동생들과도 내 진로나 고민 거리 등에 관해 얘기를 안 했다. 오직 친구들하고 이런 이야기를 많이 했다. 아이들이 성인이 되기 전 중요한 시기에 서로 대화가 줄어들게 되는 것이 당연하다고 여기고 미뤄 놓아서는 안 된다. 더욱 고민이 많은 시기이고 공부하느라 힘든 시기이니까 더 많은 격려와 지지가 필요하다. 관심을 갖고 아이들 입장에서 생각해 보려는 노력이 필요하다. 아이를 지금 모습 그대로 수용해 주는 마음이 부모에게 필요하다. 상대방이 나를 있는 그대로 수용해 준다고 생각할 때 자기의 마음을 이야기할 수 있는 법이다.

사춘기의 반항은 부모에게 지금까지 나를 대하던 방법을 이제는 바꿔 달라는 의사 표시라고 한다. 이전에는 어렸으니까 부모가 이래라저래라 통제할 수 있었지만, 중 · 고등학생이 된 지금은 스스로 생각할 수 있으니까 나를 존중해 달라는 것이다. 사춘기의 반항을 아이들만의 책임으로 돌리고 부모는 아무 책임도 없는 것처럼 방관해서는 안 된다. 아이의 성격을 잘 살펴 보면서 어떻게 도와야 하는지 방법을 찾다 보면 분명 방법이 있을 것이다.

집안에 온종일 같이 있어도 얼굴을 마주 보고 밥을 먹거나 간식을 먹을 때가 대화하기 편하고 쉽다. 아무것도 없이 정면으로 얼굴 보고 말하기는 특별한 경우가 아니면 쉽지 않다. 아이의 이야기를 듣는 시간은 아이를 격려해 줄 수 있는 시간도 된다. 평범한 일상에 감사하다는 말을 주고받아도 의미있는 시간이 될 것이다. 건강을 잃어 보거나 큰 슬픔을 겪어 보면 별일 없이 살아가는 하루하루가 얼마나 큰 감사인지를 알게 된다. 함께 밥을 먹을 수 있어서 감사하고, 오늘도 무사히 보내서 감사하다. 문득 보고 싶었던 순간이 있었다면 그 이야기도 함께한다. "오늘 낮에 많이 보고 싶었어."하고.

《기질 플러스》에서는 우울질이나 점액질인 사람에게는 일상 속에서 도움이 되었다는 이야기를 해 주라고 한다. 드러나는 행동들을 많이 하지 않아서 관심을 나타낼 기회가 적을 수 있다는 것이다. 늘 조용한 사람이니까 그냥 넘어가기 쉽다는 이야기이다. 드러나게 뭔가 일을 이루지 않아도 항상 그 자리에 있어 주는 것만으로도 일조하고 있다는 것을 알려 주라는 말이다.

가족들과 함께 밥 먹고, 함께 이야기를 나누는 시간 속에서 우리는 서로 성장해 갈 수 있다. 혼자서만 지내다 보면 다른 생각을 할 수 없다. 가족들과 밥을 먹으면서 이야기를 하다 보면 서로가 다른 생각하고 있다는 걸 알게 된다. 내가 보는 게 전부가 아니고, 모두 옳은 것이 아니라는 것을 자연스럽게 알게 된다. 그러면서 생각의 폭이 넓어지고 다른 방향으로 생각을 해 볼 수 있게 된다. 아무리 고민스러운 일도 가족들과 함께 이야기를 나누다 보면 해결할 수 있는 길이 있다는 것도 알게 된다.

4가지 기질의 기본적 특징

대중적 다혈질		역동적 담금질	
기본적 욕구	재미	기본적 욕구	조종
정서적 필요	주의 애정 인정 용납	정서적 필요	충성심 조종 인정 일에 대한 신임
사람을 다루는 방법	매력	사람을 다루는 방법	분노로 위협

앞장선다: 외향적, 낙천적, 솔직한

논다: 재치있는, 편안한, 목표 지향적이지 않은

일한다: 단호한, 조직적, 목표 지향적

분석한다: 내성적, 염세적, 부드러운

평온한 점액질		완벽주의 우울질	
기본적 욕구	평화	기본적 욕구	완벽
정서적 필요	평화와 고요 자존감 스트레스 적음 존경	정서적 필요	민감한 마음 지지 자신만의 공간 침묵
사람을 다루는 방법	늑장을 부림	사람을 다루는 방법	분위기로 위협

출처 : 플로렌스 리타우어 저, 정동섭 · 안효선 공역(2010). 자녀와 기질 플러스. 에스라서원. p.23.

자녀들과 함께 사는 동안 더 많이 밥을 같이 먹고, 같이 시간을 보내면서 서로에 대해서 알아가고 사랑과 격려를 나누도록 하자. 가족들과 함께하는 시간에 자유롭게 자기 생각을 말할 수 있는 분위기를 만들어 주는 것이 부모들이 해야 할 일이다. 집안에서 자기 생각과 감정들을 자연스럽게 꺼내고 나눌 수 있는 아이로 자라게 해야 한다.

아들러는 육아의 목표를 '자립'이라고 했다. 건강한 홀로서기는 물론 해야 한다. 그러기 위해서 함께 생활하는 동안 더 많이 밥을 같이 먹고, 같이 시간을 보내서 자립할 힘을 키워주자. 충분한 사랑으로 키워주자. 집을 떠나서 홀로서기를 잘 해 낼 수 있도록. 그래서 사람들과 관계 맺기를 꺼리는 사람이 아니라, 받아온 사랑이 충분하여 많은 사람과 좋은 관계를 맺으면 살아갈 수 있도록 도와주자. 이런 관계 속에서 어려움이 생기면 언제든지 부모를 찾아와서 함께 밥 먹으며 의논할 수 있는 자녀들로 키우자.

딸은 이번 여름 방학 때 학교 생활관에 남아 있지 않고 집으로 오고 싶다고 했다. 처음 계획과 다르지만, 집으로 오고 싶어 하는 아이의 마음이 이해가 되었다. 가족이 함께 여름을 보내면서 서로를 더 사랑하는 시간으로 만들어야겠다. 벌써 기다려진다.

제 5 장

내 삶을 지키는 울타리

가장 작은 단위의 사회

사회는 가정에서 시작한다. 가정은 자녀들이 사회생활의 첫경험을 시작하는 곳이고, 부모들은 부모로서 또 다른 사회생활을 시작하는 곳이다. 부모 역할도 처음이고 자녀 역할도 처음이다 보니 초보자들끼리 만들어 가기 시작하는 곳이 가정이라는 사회다. 당연히 어설프고 실수도 많이 하면서 부모가 되어 간다. 자녀들은 이런 부모를 보고 따라가면서 '세상은 이렇구나', '사람들은 이렇구나', '이때 나는 이렇게 해야 하는구나' 하는 것을 배워간다. 어쩌면 자녀들에게만 사회화가 일어나는 것이 아니라 부모들에게도 새로운 사회화가 일어나는 것이다. 그동안 부모로서 엄마로서 우리 가정에서 아이들에게 어떤 것을 가르쳐 주었는지 돌아본다.

제일 먼저 부모로서 자녀에게 무엇을 주려고 했는가? 생각해 보니 자연스럽게 '사랑'이 떠오른다. 딸을 낳기 위해 분만 대기실에 누워 있을 때 기대와 걱정들이 몰려 왔다. 아이가 건강하게 태어나고, 산모인 나도 무사히 출산을 잘 마치는 게 가장 바라는 바였다. 그러나 '만약 아이를 낳다가 내가 죽게 되는 상황이 온다면 어떻게 하지?' 하는 의문이 생겼다. 처음 하는 전신마취이고 마취에서 깨어나지 못하면 할 수 없지 않겠냐는 생각을 했다. 이런 생각을 하는 순간 그래도 낳아야지, 만약 내가 못 깨어나서 죽는다 해도 아기가 무사히 태어나서 잘 살아주면 그것으로 충분하지 않겠는가 하는 마음이 들었다.

'내가 죽는 한이 있더라도 아이는 낳으리라'하는 비장한 각오를 하고 분만실에 들어갔다. 이 세상에 태어나는 아기들은 엄마가 자기 목숨까지 내 놓으면서 자기를 낳았다는 것을 알까? 나도 엄마가 되기 전에는 이런 생각을 해 본 적이 없었다. 다행히 무사히 출산했고, 아기도 엄마도 건강했다.

하지만 1주일 후 퇴원할 때 나만 먼저 집에 왔다. 딸은 황달이 와서 병원에 며칠 더 입원해야 했다. 신생아실에 눈에 안대를 하고 누워 있는 딸을 두고 집에 와 있으려니 너무 마음이 아팠다. 안쓰럽고 미안하고, 엄마가 나이가 많아서 아이가 그런가 싶기도 했다. 자꾸 울고 있으니까 친정어머니께서 너무 많이 울면 안 된다고 걱정을 하셨다. 며칠 뒤 황달 치료가 끝나고 집으로 아이를 데리고 왔을 때 너무 감사하고 또 감사했다.

둘째인 아들은 돌 무렵에 감기로 이삼 일 정도 병원에 입원했었다. 밤에 열이 올라 잠 못 들고 힘들어 하는 아이를 보면서 내가 대신 아팠으면 좋겠다는 생각을 처음으로 하게 되었다. 대신해 줄 수 없는데도 불구하고 정말 그순간에는 그런 마음이 간절했다. 밤새 업고 병실을 들락거리면서 안쓰러움에 기도하다 울기를 반복했다. 이런 마음들이 아이들에게 사랑으로 전해졌을 것이다. 아이들이 어릴 때는 뭔가를 함께 하는데 시간과 마음을 냈다. 그런 사랑을 했었다.

그러다 아이들이 초등학교를 지나 중 · 고등학교에 다닐 때는 뭔가를 더 가르치고 해 주려고 하기보다는 아이들의 마음을 살펴주고 아이들의 생각을 존중해 주는 사랑을 하려고 노력했다. 어린아이가 아니고 인격체로 대하려고 노력하는 게 쉽지 않았다. 그래도 뭔가 부족하고 뭔가 도와주고 가르쳐야 할 것 같은 불안감이 늘 있었다. 내 안에 있는 불안감을 해결하고 싶어 아이들을 통제할 수 없는데도 불구하고 순간순간 이런 생각이 치고 올라왔다.

아이들을 정말 사랑하는 게 어떤 건가를 계속 생각해 보는 시간이었다. 부모로서의 사랑이 조금씩 성숙해 가는 것을 느낄 수 있었다. 아이가 도움을 요청할 때 도와주는 사랑을 하려고 지금도 노력하고 있다. 아이들에게 이런 사랑들이 그대로 전해지기를 바라고 있을 뿐이다.

가족을 향한 사랑에는 자녀들을 향한 이런 사랑도 있지만, 더 우선되어야 하는 사랑은 누가 뭐라 해도 부부 간의 사랑일 것이다. 자녀를 갖기 전에는 부부가 서로에게 집중하여 사랑을 주고받다가도 자녀가 생기면 우선 순위가 아이들에게로 가버리고, 남편은 밀려나는 경우가 많다. 그렇게 하다 보면 육아 자체를 엄마 혼자서 도맡아 하기 쉽다. 이런 것까지 생각을 안 하더라도 남편을 항상 최우선으로 생각하고 사랑을 키워가야 한다. 엄마와 아빠가 계속 사랑을 키워가는 모습을 보면서 아이들은 안정도 느끼고, 사랑은 지켜가고 키워가는 것이라는 걸 알게 된다.

사랑과 함께 배려도 가르쳐 줘야 할 중요한 덕목이다. 우리 가족은 배려를 신랑으로부터 많이 배웠다. 신랑은 항상 다른 사람의 마음을 먼저 살펴 주는 사람이었다. 나는 '내가 저 사람이라면 어떻게 해 주기를 바랄까?' 하는 생각을 하면서 상대방에게 최대한 내가 할 수 있는 것을 해 주려고 했다. 한마디로 내가 주고 싶은 것, 좋은 것을 무조건 주려고만 하였다. 내 입장에서만 생각한 것이다. 예를 들어 식사 전후에 마치 비서나 간병인의 업무처럼 신랑에게 물을 챙겨 주고 과일을 더 먹으라고 권하곤 했다. 하지만 신랑은 지나친 것은 더 불편하다고 했다. 자기가 알아서 하겠다는 것이다.

나의 행동으로 상대방이 부담을 느낄 수 있다는 것을 처음으로 알게 되었다. 내가 아무리 좋은 것을 해 주고 싶어도, 받는 상대방이 오히려 불편할 수 있다면 하고 싶어도 해서는 안 된다는 것을 알았다. 이때부터는 내가 상대방이라면이 아니라 그냥 상대방 자체의 입장에서 생각하려고 노력하게 되었다.

아이들과의 관계에서도 그렇게 해보려고 애를 썼다. 부모의 마음에 들지 않아도 아이가 하고 싶은 일을 하도록 했다. 아이의 문제는 아이 스스로 선택해서 하도록 했다. 배려에는 존중이 함께 들어 있다는 것을 알게 되었다. 항상 부모가 배려해 주는 건 줄 알았지만, 언제부터인지 아이들이 부모를 배려해 주기 시작했다. 아빠가 병원에서 보내는 시간이 많아져서 함께 집을 비우는 시간이 많았지만, 아이들이 투덜대거나 남매 간에 다투지 않고 잘 지내주었다. 서로서로 챙기는 마음이 자라면서 더 커지는 것을 볼 수 있었다.

정직도 역시 어렸을 때 가르쳐 줘야 한다. 딸을 한 번 때린 적이 있었다. 초등학교 저학년 때 거짓말을 했다는 이유로 화장실에 데려가서 종아리를 세게 때렸다. 아이가 거짓말을 했다는 자체가 너무 화가 났기 때문이다. 나쁜 버릇은 처음에 잡아야 한다는 생각에 사로 잡혀서 때렸다. 하지만 때

 리고 난 뒤 바로 후회했다. 함께 울고 말았다.

그날 저녁 자기 전에 신랑이 나에게 조용히 말했다. “내 친구 중에 부모님이 심하게 엄한 친구들이 있었는데, 그 친구들이 커서는 더 잘 안 되더라.” 이 말을 듣고 나서야 깨달았다. 엄하게 다스리고 때린다고 아이가 마음을 꼭 고치는 것이 아닐 수도 있구나. 그럼 나는 아이의 거짓말을 고치기 위해서 어떻게 해야 할까? 답이 바로 나왔다. 내가 거짓말을 하지 않아야겠구나. 선의의 거짓말도 하지 말아야겠구나. 이때부터 더욱 정직하게 사는 모습을 그대로 보여 주려고 노력했다. 신랑과의 사이에서도 감추는 것이 없도록 노력했다. 엄마와 아빠가 서로에게 감추는 것이 없고, 집안일에 대해서도 아이들에게 감추지 않았다.

신랑이 암 진단을 받고 온 날도 우리 부부는 아이들을 앉혀 놓고 사실대로 이야기했다. 아이들이 순간 놀라기는 했지만, 곧 받아들여 주었다. 아빠가 없는 요즘은 이런 당부를 하고 있다. “엄마에게 말하면 엄마가 걱정할 것 같은 일은 가능한 꼭 말해 주라. 그런 일은 더더욱 엄마가 알아야 하는 일일 수 있다.” 물론 아이들이 모든 일을 다 나에게 말하지는 않는다. 모든 것을 알고 싶어 하는 것은 내 욕심이다. 나 역시 모든 것을 아이들에게 다 말하지 않으면서. 나도 하지 않으면서 아이에게 요구하는 것은 맞지 않다.

인사하는 것도 중요한 사회성 중 하나이다. 어릴 때부터 엄마 · 아빠가 보여 준 인사하는 모습을 자연스럽게 따라 하게 된 아들은 요즘 이렇게 인사를 한다. 몇 주 전 주일날 교회 식당에서 점심을 다 먹고 난 뒤 중 · 고등부 선생님들에게 인사하는 아들의 모습을 멀리서 봤다. 선생님 한 분 한 분에게 눈을 맞추면서 인사를 하고 있었다. 보통은 그 테이블 전체 선생님들에게 한 번 정도 인사를 하고 갈 수도 있을 텐데. 나도 주로 그렇게 인사를 했던 것 같은데 아들의 인사하는 모습을 보니 미소가 지어졌다. 대충 하는 인사가 아니고 마음을 담아서 인사하는 모습을 보면서 '네가 나보다 낫다'는 생각이 들었다. 이제는 그런 아들의 모습을 보면서 오히려 내가 다시 배우고 있다.

마지막으로 선택과 책임도 가정에서 배워야 한다. 현실치료 상담을 공부하면서 사람들의 모든 행동은 자신의 선택이라는 것을 알게 되었다. 아무리 누구 때문이고, 무엇 때문이라고 해도 사람은 결국 자신에게 조금이라도 더 유익한 것을 선택해서 행동하게 된다. 만약 사람과 환경 탓이라면 같은 문제에 모든 사람이 같은 행동을 해야 하지만, 그렇지 않기 때문에 이 논리는 맞지 않는다. 부모가 모든 것을 정해서 아이들에게 지시하는 것은 아이들을 못 믿어서인 경우가 많다.

부모가 시키는 대로 하는 게 가장 효율적인 방법이라고 부모들은 확신하고 있기에 아이들을 통제하는 것이다.

이전에 아이들을 키우면서 했던 것들이 외부 통제라는 것을 알게 되면서 자기 스스로가 모든 행동을 결정할 수 있도록 지원하는 것으로 태도를 바꾸기 시작했다. 쉽지 않았지만 시행착오를 거치면서 계속 노력했다. 아이들은 자기가 선택한 행동에 대해서는 스스로 책임을 진다는 것을 자연스럽게 배우게 되었다. 예전에 내가 아이들을 통제해서 어떤 결과가 나왔을 때 잘 되면 그냥 넘어갔고, 잘못 되면 바로 '엄마 때문이야'가 나왔었다.

딸이 고2 무렵에 어떤 문제에 대해서 이렇게 하면 좋겠는데 하면서 살짝 힘을 주어 말한 적이 있었다. 무슨 일이었는지는 잘 생각이 안 나지만 딸이 했던 말은 기억에 남아 있다. "아 그건 우리 집 스타일이 아닌데" 이러길래, 우리 집 스타일이 어떤 거냐고 물었다. "우리 집은 자기 문제는 자기가 하고 싶은 대로 결정하는 거잖아, 강요하지 않지.", "아 그렇구나."하고 얼른 말을 끝냈다. 이게 우리 집 스타일이라고 아이들이 생각하게 되었구나. 엄마 · 아빠가 의견을 말해주기는 했지만, 강요하지 않고 아이의 결정을 존중해 준 것을 아이들이 이해하고 있구나. 설사 부모와 다른 결정을 하게 되더라도 아이의 결정을 따라 주고, 그 일이 본인이 원하는 대로 잘 될 수 있도록 도와주려고 했던 것이 결실을 본 것 같아 감사하고 뿌듯했다.

아이들과 부모의 사회화가 함께 일어나는 곳이 가정이다. 부모는 자녀를 통해서 자신의 미성숙한 부분을 발견하게 된다. 그리고 자녀와의 관계 속에서 이 부분들을 성숙시켜 나갈 때 우리 아이들의 사회화가 시작되고 자라게 된다. 가족에게서 사회를 배울 수 있다는 것은 큰 행운이다.

인간관계의 시작

"엄마는 아빠한테는 친절한데, 왜 우리한테는 안 친절해!"

아들이 초등학교 저학년 때 어느 날 나에게 울면서 한 말이다. 이 말을 듣는 순간 뜨끔했다. 맞는 말인데, 울면서 절규하듯이 말하는 아들이 귀엽기까지 했다. 우는 아들을 안으면서 '미안해' '미안해' 하면서도 자꾸 웃음이 나왔다.

그당시 나는 정말 그랬다. 신랑에 대해서는 결혼 초 마음먹은 대로 수용하고 대했다. 친절하지 않을 이유가 없었다. 웃는 낯으로 대했다. 뭐든지 말하면 어떻게 하면 들어 줄 수 있을까를 생각했다. 하지만 아이들에 대해서는 굳이 다 수용해 주리라는 마음을 먹어본 적이 없었다. 이때도 기억에 '미안해' 사과하면서 '아빠는 어른이고 너희들은 어려서 그랬어'라고 궁색한 변명을 했던 것 같다. 지금 생각해 보니 맞지 않는 말이다. 어린아이들에게 오히려 더 친절해야 하는 거 아닌가.

자녀를 존중하려는 마음이 그 전에는 별로 없었다. 뿐만 아니라 나를 존중하려는 마음도 별로 갖지 않았다. 부모가 되어서도 엄마로서 어떻게 아이들을 대하고 키워야 하는지에 대한 생각을 별로 하지 않고 키우고 있었다. 첫째는 태교와 신생아기에 관한 두꺼운 책을 사서 보면서 키웠다. 둘째는 이마저도 하지 않고 그냥 키웠다. 한번 해 봤다는 것 때문에. 심지어 첫째는 아기용 큰 욕조를 사서 목욕 그네를 걸치고 신랑과 동생과 셋이서 쩔쩔매면서 목욕을 시켰다. 그러나 둘째는 세면대에서 씻기기도 했다. 영유아기의 육아에 관한 책을 찾아봐야지 하는 생각을 별로 해 보지 않았다. 엄마는 그냥 저절로 된다고 생각했다. 나에 대한 존중에 대해서도 생각해 본 적이 없었다. 그냥 애 잘 키우려고 노력하면 된다고 하는 정도였다.

모든 것이 그렇듯이 사랑도 자기 자신에 대한 사랑부터이고, 존중도 자기 자신에 대한 존중부터이다. 나 자신이 얼마나 소중한 사람인지를 먼저 깨달아야 한다. 나 자신을 사랑하는 것부터 시작해야 한다.

딸이 초등학교 고학년이 되었을 때부터 부모교육과 상담 관련 공부를 시작하였다. 그러면서 나 자신을 먼저 돌아보는 시간을 가지게 되었다. 나는 나에 대해서 어쩌면 무심했던 것 같다. 자녀들에게 마음대로 화를 내 상처 주고, 상처 받은 나를 돌보지 않았다. 그렇게 그냥 화 내야지, 아이들이 잘못했지. 이러면서 내 마음을 돌보지 않고 내버려 두었다. 나 자신의 정서에 대해서는 돌보려고 노력하지 않았다. 다른 사람들은 웃는 낯으로 대하면서 정작 내 자녀들에게는 웃을 때보다 화를 낼 때가 더 많았었다. 자녀들에게 무법자처럼, 엄마의 말이 법인 것처럼 군림했던 순간들이었다.

쉽게 짜증내고 화내고 소리 높이는 나 자신을 그냥 내버려두었다. 왜 화가 났는지, 내가 정말 원하는 게 뭔지에 대해서는 관심도 두지 않았다.

그러다가 어느 날 '아하, 내가 나 자신을 제대로 사랑하지 않고 있었구나'하는 것을 깨닫게 되었다. 이것을 깨달은 순간부터 내가 나를 사랑하는 연습을 하기 시작했다. 화가 날 때는 '왜 화가 나지?', '내가 기대한 것이 무엇이었지?', '욕심은 아닌가?' 때로는 속상해 하는 내 모습을 보면서 '아주 속상했구나', '수려야, 다시 또 해 보자', '괜찮아, 잘 못 할 수도 있지' 하면서 지지해 주는 연습을 했다. 이렇게 나를 사랑하기를 다시 시작해서 회복해 가다 보니 자녀들을 제대로 사랑하고 존중해 주기가 쉬워졌다. 나 한 사람이 소중한 존재이듯이 우리 아이들도 얼마나 소중한 존재인가. 우리 가정에 이 아이들이 태어나 준 게 얼마나 감사한 일인가.

아이들을 있는 그대로 수용하려고 마음먹기 시작했다. 신랑을 수용하듯이, 나 자신을 있는 그대로 수용하듯이 아이들도 수용하기 위한 연습을 했다. 처음에는 잘 되지 않았다. 아이들의 말을 듣고 있자면 자꾸 판단이 들어가서 정리를 해 주고 싶었다. 제일 좋은 방법으로 문제를 해결해 주고 싶어서 아이들 말을 듣다 말고 지시한 적이 많았다. 그럴 때면 대체로 아이들은 말을 멈추고 알았다고 하면서 수동적인 자세로 문제를 해결했다. 그러다 뜻대로 잘 안 되면 "엄마 때문이야."가 나왔다.

아이들을 믿어 주고 존중해 주지 않고 가르치려고만 했다. 내가 하는 게 다 좋은 선택이 아닌데도 불구하고, 마치 너보다는 내가 낫다는 식의 생각을 벗어버리기가 쉽지 않았다. 실패하고 나면 사과하고 다시 또 마음을 먹고. 이렇게 반복하다 보니 언제부턴가 아이를 존중해 주는 마음이 아이의 생각을 들어 주고 지지해 주는 행동으로 나타났다. 있는 그대로의 모습으로 아이를 볼 수 있게 되었다. 어떤 일들을 결정할 때 아이의 문제는 아이가 주도권을 가지도록 해 주었다.

엄마의 의견을 물을 때 내 의견을 말해 주기는 하지만, 그대로 하기를 기대하지 않게 되었다. 참고해 주는 것으로 감사하다는 마음뿐이었다. 또한 어떤 결정을 하든지 아이가 일단 결정을 하면 그것을 이루기 위해 도와줄 수 있는 것들은 도와주려고 하였다. 이제는 더 이상 '엄마 때문이야'라는 말을 듣지 않을 수 있게 되었다. 나 자신을 존중하고 사랑하고 나니 자녀들을 존중해 주고 사랑하면서 수용하기가 수월해졌다. 딸과 아들은 가정에서 존중 받고 있으며 자신들이 소중한 존재라는 것을 경험해 가면서 성장해 가고 있다.

인간관계를 좋게 하려면 친절 이상이 없다고 한다. 친절하기 위해서는 내가 상대방을 좋아하는 것에서부터 시작해야 한다. 상대방을 좋아하다 보면 판단을 하지 않게 된다는 말이 맞는 것 같다. 아이들을 좋아하고 사랑하는데도 불구하고 이야기를 잘 들어주기가 쉽지 않았다. 듣다가 자꾸 내 말을 하려고 하고, 문제를 해결해 주려고 했다. 교통 정리를 빨리 해서 문제를 끝내고 싶은 마음이 컸다. 듣는 시늉은 하지만 잘 듣지 않았다.

그러다 반영적 경청을 배우게 되었다. 그것은 상대방의 감정을 이해한 만큼 표현해 주는 것이다. 아이들이 도움을 요청할 때 아이가 하는 말이나 행동을 잘 듣고 보면서 감정을 찾는 연습을 했다. 내가 미뤄 짐작해서 판단해 버리는 게 아니라 아이들의 마음이 어떤 것인지를 관심을 가지고 보게 되었다.

지난주에 아들이 자기가 가지고 있는 상품권 카드로 운동화를 사기로 했다. 같이 사러 가기로 하면서 언제쯤 갈 것인지를 말해 보라고 했다. 대답이 바로 안 나왔다. 예전 같았으면 '어서 말해라', '뭘 그렇게 머뭇거리느냐', '답답하다' 하면서 아들을 몰아붙였을 것이다. 그러나 그동안 반영적 경청을 연습해 오면서 기다리는 습관이 조금 되어 있었다. 바로 대답을 안 하는 모습을 보면서 뭔가 생각이 있나 보다 싶어 잠시 다른 일을 하면서 답을 해 오기를 기다렸다.

시간이 조금 지난 뒤 아들이 한 말은 "운동화가 상품권 카드보다 더 비싼데 어떡하죠."였다. 아들은 돈 걱정을 하고 있었다. 나는 그것도 모르고 그냥 언제 간다고 하면 될 걸 왜 바로 대답을 안 하지, 할 수 없지 기다리지 뭐 하면서 기다린 거였다. 아들은 추가 지출이 생기는 부분을 걱정하고 있었다. 그러면 할 수 없지 엄마가 부담해 준다고 했더니, 그러면 언제 갑시다가 나왔다.

이날 또 한 가지 더 아들에 대해서 알게 된 게 있다. 운동화를 매장에 가서 사면 할인이 안 되니까 신어만 보고 인터넷으로 주문하자고 얘기해 봤다. 바로 대답이 안 돌아왔다. 왜 그럴까 했더니만, 조금 전에도 엄마가 자기를 수용해 주는 것을 알아서인지 잠시 뒤 "어떻게 신어만 보고 그냥 와요."라고 했다. 전에도 가끔 운동화를 사러 가면 신어 보고 마음에 들지 않으면 그냥 나오기도 했지만, 그것은 사려고 했으나 마음에 들지 않은 경우였다. 처음부터 안 사려는 마음을 먹고 가서 어떻게 신어 보냐는 것이다.

"안 살 거면서 신어 본다는 게 좀 그렇구나."하고 아들의 마음을 경청해 주었다. 고개를 끄덕이는 아들을 보면서 순간 내 마음에서 '둘 중 하나를 선택하자. 우리 아들의 마음을 살 거냐, 아니면 2~3만 원을 아낄 거냐?' 답은 바로 나왔다. 아들 마음을 사자. 그래서 우리는 매장에 가서 신어 보고 바로 사 가지고 왔다. 다른 볼일도 보면서 손을 잡고 다녔다. 기다리면 볼 수 있고, 좋아하면 볼 수 있는 게 아이들의 마음이다.

아이들의 마음만 들어주고, 내 마음을 전하지 않고는 살 수 없다. 받아들일 수 없는 행동을 할 때는 내 마음을 정직하게 전해야지, 그렇지 않으면 안에 미움이 쌓일 수 있다.

딸은 수능이 끝나면서부터 탈색을 하겠다고 노래를 불렀다. 염색이 잘 나오게 하려면 탈색을 해야 한다는 거였다. 머릿결이 많이 상한다는 얘기를 많이 들어왔기에 수용이 안 되었다. 사실 자기 머리를 자기가 마음대로 해도 되는 건데도 나는 마음이 편하지 않았다. 내 마음을 전하고는 싶었다. "탈색하면 머릿결이 정상으로 돌아오려면 2년 정도 걸리는데 안 했으면 좋겠어."라고 말했다. 딸은 그건 자기도 알고 있지만, 꼭 탈색하고 싶다고 했다. 수능 끝나자마자 하고 싶다는 아이에게 면접 보고 하자, 발표 나고 하자, 입학하고 3월이 지나면 하자 이렇게 설득했다. 다행히 아이도 내 말을 들어 주었다. 그러다 지난 5월에 탈색하고 빨강 머리로 염색했다. 이쁘기도 했지만, 많이 튀는 거는 어쩔 수 없었다. 미용사도 지금 아니면 할 기회가 없다고 하셨다고 하면서 본인은 만족스러워했다.

만약 예전의 나였다면 아마도 딸과 싸움을 할 수도 있었을 것이다. 딸도 엄마의 말을 조금은 받아 주어서 시기를 늦추기는 했지만, 자기가 하고 싶은 것은 그대로 할 수 있는 용기를 가지고 있었다. 받아들일 수 없는 행동 앞에서 "네 마음대로 해"하면서 관계를 해치는 일은 하고 싶지 않다. 가족끼리 서로가 원하는 것을 상대방에게 편안하게 말할 수 있는 관계가 이루어지고 있어서 참 좋다. 물론 말한다고 다 들어주는 것은 아니지만, 참고는 해 준다. 내 문제가 아니고 상대방의 문제인 만큼 결정권은 상대방에게 있으므로 어떤 결정을 하든 그 사람의 몫이다. 이렇게 되고 나니 서로가 자유로울 수 있게 되었다. 눈치를 보거나 할 필요가 없게 되었다.

가족 간에는 불편한 마음만 표현하지 말고, 고마운 마음이나 사랑하는 마음도 표현하는 것이 중요하다. 물론 사과할 일이 생기면 최대한 빨리 사과하는 것도 중요하다. 서로 간에 미안하다, 고맙다, 사랑한다는 표현이 자주 오고갈 때 집 안의 공기가 따뜻하게 흐르게 된다. 가족끼리 말로 해야 하냐 싶지만, 말이나 행동으로 표현해야 한다. 표현하지 않으면 알 수 없기 때문이다. 좋은 감정도 불편한 감정도 표현하는 걸 연습해 가다 보면 익숙해져서 생활화된다. 그때그때 '사랑해요', '고마워요', '미안해요'가 나오면 관계가 더욱 좋아지게 된다.

잘 듣고 잘 말하는 연습이 가정에서 부부 사이에, 부모 자녀 사이에 잘 이루어진다면 인간관계에 대해 크게 고민하지 않아도 될 것이다. 가족끼리의 관계에서 먼저 서로 존중하고 있는 그대로를 수용하는 것을 배워야 한다. 그리고 상대방의 말을 귀 기울여 잘 듣는 연습을 한다. 그다음 내 마음을 잘 전하는 연습을 한다. 이렇게 하다 보면 가족끼리 서로를 더 잘 알고 이해하게 된다. 사회에 나가서는 대상만 바꾸면 된다.

인간관계의 시작은 가족과의 관계에서 시작된다. 서로를 좋아하고 서로를 존중하고 서로에게 친절을 베풀면 관계를 더욱 좋게 하는 것을 배워가게 된다. 가정에서 이 연습을 하면 된다. 엄마 아빠가 먼저 서로에게 연습하고 자녀들과 연습하면 우리 아이들은 자연스럽게 소통과 배려를 아는 사람으로 자랄 수 있다.

나는 오늘도 너희에게 배운다

가정은 가족끼리 계속해서 영향을 주고받으면서 학습이 일어나는 공간이다. 얼핏 보면 부모가 가르치고, 자녀들은 배우는 곳 같지만, 자세히 들여다 보면 그렇지 않다. 어린아이들에게도 배울 것이 있다는 말은 언제나 들어도 머리가 끄덕여진다. 딸과 아들로부터 내가 배우고 깨달았던 것이 무엇인지를 생각해 본다. 늘 마음 한구석으로 '너희가 나보다 낫다'고 생각하고 있다.

딸을 태우고 다니면서 실수한 적이 많았다. 학교에서 도서관으로 가야 하는데, 집으로 방향을 돌려서 되돌아간 적이 있었다. 또 데리러 간다고 해 놓고 깜빡 잊고 모임에 나가는 바람에 가지 못한 적도 있었다. 이런 일들이 한두 번이 아니었기에 매번 나는 딸에게 너무 미안했다. 시간이 부족하다고 늘 걱정하는 아이한테서 시간을 더 뺏었으니 어떻게 대신해 줄 방법도 없는 상황들이었다.

이런 상황 속에서도 딸은 나에게 크게 화를 내거나 짜증을 내지 않았다. “괜찮아, 할 수 없지.” 하면서 자기가 해결할 방법을 찾아서 해결했다. ‘엄마 때문에 망했어’라든지, ‘엄마 왜 그래, 정신 좀 차려라든지’ 당연히 이런 말들을 할 수도 있을 텐데 그렇게 하지 않았다. 만약 억지로 화가 나는 걸 참는 거였으면 내 마음이 많이 불편했을 것이다. 화를 참는 것이 아니라 화가 생기지 않은 것 같았다. 나를 너그럽게 봐 준다는 것을 느꼈다. 엄마가 깜박하니까 화가 나지 않느냐고 물어보았다. 딸은 “그럴 수도 있죠. 뭐 어머니~~괜찮아요.” 하면서 웃어주기까지 했다. 딸로부터 배운다.

“다른 사람의 실수를 가능한 너그럽게 받아주자. 사람이니까 실수도 할 수 있지, 그럴 수도 있지.”

나는 이십 대 후반에서야 깨달았던 것을 딸은 벌써 깨달은 것 같다. 딸이 나에게 이렇게 너그럽게 대해 주니까 앞으로 실수를 줄여야겠다는 생각을 자연스럽게 하게 되었다. 핸드폰에 시간을 저장해 놓았다. 하루 일정도 수시로 점검하고 머리에 그려보곤 했다. 차 핸들을 잡으면 지금 어디로 가야 하는 건가를 생각하고 운전을 시작했다. 그러면서 실수가 점점 줄어들었다.

만약 딸이 나에게 짜증을 냈거나, 투정하면서 내 탓을 했다면 나도 같이 화를 냈을 것이다. 그러고 나면 서로 마음이 불편했을 것이다. 나도 일하는 데 영향을 받고, 딸은 공부하는 데 영향을 나쁜 쪽으로 받았을 것이다. 하지만 실수를 통해서 서로가 더 고마워했다. 딸은 바쁜 엄마의 마음을 이해해 주었다. 그 마음이 나에게는 사랑으로 느껴졌다. 데려다주고 데리러 가고 하는 수고가 좀 쌓여서 힘들다고 느꼈던 마음이 쏙 사라져버렸다. 오히려 정신 차리고 더 잘 챙겨줘야지 하는 마음이 들었다. 이런 일들을 통해서 서로가 더 친해지곤 했다. 이런 것들을 깨닫고 나면 만회할 기회도 생긴다. 딸이 나에게 실수하는 일이 생기면 나는 기쁘기까지 했다. '잘 됐다. 이번에는 내가 받아 줘야지' 누군가 실수하면 웃기부터 하는 모녀 사이가 되었다.

딸에게 배우고 싶은 것 중 또 하나는 웃으면서 거절하는 것이다. 나는 어릴 때부터 거절을 잘 하지 못했다. 아마도 항상 칭찬을 듣는 데 익숙해져서 거절하면 칭찬을 듣지 못할까 봐 그렇게 된 것도 같다. 거절을 제때 못하면 늘 문제가 생긴다. 도와줄 시간도 없는데 거절을 못해서 정작 내 일은 뒤로 미뤄 놓고 다른 일을 하느라 시간을 보내는 경우가 많았다. 거절하면 무조건 상대방이 상처를 받는다고 생각했다. 그 사람으로부터 싫은 소리를 듣고 싶지 않다는, 모든 사람의 인정을 받고 싶다는 허황된 꿈을 가지고 있었다.

상담 관련 공부를 계속하면서 나에 대해 알아가고 인식하면서 할 수 없는 것은 할 수 없다고 말하는 것을 배워가고 있다. 그런데 딸은 이것을 잘 해낸다. 탈색하고 염색하는 문제에 대해서 탈색을 안 했으면 좋겠다는 말을 얘기 나올 때마다 계속했다.

몇 번은 그냥 웃고 넘기더니 어느 날은 "어머니, 의견만 물어본 것이에요. 어차피 제 마음대로 할 거예요. 결정을 제가 해요." 웃으면서 입술을 내밀면서 고개를 갸우뚱 한 채로 익살스럽게 말했다. 그 표정이 너무 웃겨 크게 웃고 말았다. 그다음부터는 더 이상 얘기할 수 없었다. 자기 머리를 자기 마음대로 하겠다는데 더 이상 뭐라고 하겠는가.

정확한 거절 의사를 듣고 나니 오히려 홀가분해졌다. 나에게서 그 문제가 떠나버렸다. 아 저렇게 거절하면 되는구나. 엄마인 나를 거절하는 게 아니고, 내 의견이 자기 의견과 다르다는 이야기를 하는 거구나 하는 것을 알게 되었다. 속으로 '네가 나보다 더 지혜롭구나'하는 생각이 들었다. 딸로부터 또 배웠다.

부드럽고 단호한 거절은 상대방에게 상처가 되지 않을 수 있다. 오히려 자기 자신을 상대방에게 알려 주는 계기가 되기도 한다. 나는 이 문제를 통해서 딸의 탈색에 대한 의지가 확고하다는 것을 알게 되었다. 그리고 후회하더라도 한 번쯤

해 보고 싶은 일은 꼭 해 보고 싶어 한다는 것도 새로 알게 되었다.

물론 아직도 어색하지만, 가족이나 다른 사람의 요청에 대해 할 수 있는 것은 할 수 있다 하고, 할 수 없는 일은 부드럽게 할 수 없다고 말하는 연습을 해 나가고 있다. 그러면서 내 마음이 가벼워지고 있다. 화를 내거나 짜증을 내면서 거절하면 서로에게 상처가 될 수 있다. 하지만 여건상 도울 수 없는 일에 대해 웃으면서 거절하면 관계를 해치지 않을 수 있다. 이것은 거절할 수 있을 만큼 편안한 관계로 발전해 가는 길이 되기도 한다.

둘째인 아들에게서는 오늘 저녁에도 도움을 받았다. 말보다는 행동으로 배려해 주는 모습은 정말 본받고 싶은 부분이다.

운전하면서 부득이 통화해야 할 때가 더러 있다. 아들을 데리고 어린이집을 다닐 때 학생들 통학 차량을 운행하시면서 우리 모자를 아침마다 태워 주신 집사님이 계셨다. 지금은 일흔이 훨씬 넘으셨고, 멀리 이사를 가셔서 뵙기 어려워 가끔 통화만 하고 있다. 먼저 전화도 못 드리고 전화를 주시면 받을 때가 대부분이다. 항상 죄송하고 감사한 마음뿐이다.

저녁에 영어 과외를 가기 위해 아들을 태우고 가고 있는데 전화를 주셨다. 오랜만에 주신 전화여서 운전 중임에도 불구하고 전화를 받아 핸드폰 스피커로 통화를 시작했다. 그러자 옆에 앉은 아들이 손을 내밀어 핸드폰을 잡고 입술 근처에 갖다 대어 주었다. 인상을 쓰거나, 나 몰라라 하지 않고 옆에서 말없이 행동으로 도와주는 아들의 모습에 오늘도 반했다. 집사님과 통화하면 항상 우리 가족들의 안부를 물어봐 주신다. 그러시면서 건강해야 행복하게 살 수도 있다고 다시 당부해 주셨다. 집사님은 늘 관리도 잘 하셔서 건강하신 편이다.

다음에는 내가 먼저 전화를 드려야겠다. 아들에게 오늘도 배운다.

"행동으로 표현하는 사랑에 따스함이 전해진다."

가끔 행동보다 말로만 사랑을 표현하고 있는 내 모습을 볼 때가 있다. 사랑의 수고는 하지 않으면서 말로 다 때운다고 할까. 상대방이 원하는 것이 뭔지를 잘 보면서 필요한 도움을 주려고 노력해야겠다. 내 생각과 내가 원하는 것만 보느라고 상대방에 대해서는 미처 생각하지 않는 나쁜 습관을 좀 고치도록 해야 겠다.

아들에게 배우고 싶은 점 중 또 한 가지는 여유있는 생활태도이다. 나는 밥을 먹을 때 자주 기침을 하곤 한다. 밥을 급히 먹는 습관이 있어서 더러 나오는 것이다. 이런 나를 보고 가끔 아들은 "어머니, 천천히 드세요."라고 한다. 사실 그럴 때마다 좀 부끄럽다. 아들은 밥이나 음식을 천천히 먹는다. 꼭꼭 씹어 가면서 천천히 먹는다. 맛을 음미하는 것처럼 보인다.

어제 저녁에는 아들과 같이 뷔페 식당에서 식사를 했다. 담임 선생님의 추천으로 한 공기업에서 부산 시내 중 · 고등학생 36명에게 주는 장학금을 아들이 받게 되었는데, 그 수여식을 뷔페에서 했기 때문이다. 참 고마운 일이다. 학부모도 같이 참석해서 식사도 하면서 축하를 받는 자리였다. 굉장히 기쁘고 감사한 일인데, 그 자리에 참석한 학생들과 학부모들은 마음속으로만 기뻐하는 것 같았다. 처음 보는 사람들과 함께 앉아 있는 게 어색한 것 같았다. 다행히 나는 옆자리에 앉은 고 3 딸을 둔 엄마가 대화에 참여해 주어서 괜찮았다. 장학증서를 받는 아들의 모습을 보면서 대견하고 참 감사했다. 아주 큰 선물을 받는 거여서 기뻤다. 아들에게도 좋은 격려의 기회가 주어진 것이다.

수여식을 마치고 식사를 시작했다. 자기가 먹고 싶은 것을 적당히 가지고 와서 천천히 차분하게 먹는 모습이 참 보기 좋았다. 옆에 앉은 나도 덩달아 차분해지면서 우아하게 먹으려고 애쓰게 되었다. 큰 소리로 말하지 않고 적당하게 말하면서 식사하는 아들의 모습을 보면서 많이 컸구나 하는 생각이 들었다. '부드러움이 자신감의 표현'이라는 광고 문구처럼 아들에게서는 부드러운 자신감이 느껴진다. 나 역시도 이런 점을 배우고 싶다. 밥을 먹을 때도 천천히, 어떤 일을 할 때도 여유있게 생각하면서 하는 자세를 가지고 싶다.

"천천히 여유있게 행동하는 모습이 아름답더라."

결혼 전에는 밥을 천천히 적게 먹었다. 이쁜 척하면서 먹었다고 할 수 있다. 그러나 결혼 후에는 밥을 빨리 먹고 치워야 한다는 생각이 지배적이었다. 신랑이나 아이들 앞에서 예쁘게 먹어야 한다는 건 생각도 안 해 봤다. 맛을 음미하는 것도 마찬가지였다.

그러나 한 2년 전쯤 드디어 신랑한테 한마디 들었다. "밥 그렇게 먹지 말고 예쁘게 먹어라." 그순간 머리를 한 대 맞은 것 같았다. '막 먹는 내 모습이 굉장히 안 돼 보였구나. 내가 너무 생각없이 아무렇게나 먹고 살아 왔구나' 하는 것을 깨달았다. 그 후로는 가능한 한 천천히 먹어보려고 하는데 잘 안 될 때가 아직 많다. 신랑이 있었으면 좀 더 잘 할 수도 있을 텐데, 아쉽네….

다행히 아들이 아빠의 모습을 아주 많이 닮았다. 아들과 밥을 먹을 때 나도 조금은 우아하게 먹으려고 노력한다. 언젠가는 천천히 먹는 게 습관이 되기를 바라면서.

요즈음 내 생각이 바뀌고 있다. 부모가 자녀에게 뭔가를 가르쳐 준다기보다 자녀를 통해 부모가 배우게 되는 것이 훨씬 더 많다. 가족끼리 겸손하게 서로 배우면서 살아가려고 하면 서로에게 더 많은 도움을 줄 수 있지 않을까. 부모가 먼저 자녀에게 배우겠다는 마음으로 다가가고 바라보면 어느새가 존경받는 부모가 되어 있을 수 있다는 생각이 든다. 이런 좋은 스승이 우리 집에 있다니 얼마나 감사한 일인가.

서로 달라서 다행이다

남자는 B형, 여자는 O형. 아빠는 평온한 점액질, 할머니와 엄마와 딸은 대중적 다혈질, 아들은 완벽주의 우울질이 주기질인 우리 가족이다. 혈액형과 기질만 봐도 집안에서 어떤 일들이 일어나는지 짐작이 될 수밖에 없다. 하지만 기질이 다르다는 것을 알게 된 것은 얼마전이다. 그전까지는 이해가 안 될 때도 더러 있었다.

아이들이 초등학교 시절 일기를 쓸 때 서로 차이가 났다. 딸은 일기 쓰라고 하면 조금 미루다가도 얼른 쓰고 온다. 하지만 아들은 대답은 했는데 기척이 없다. 한참 기척이 없어서 일기 안 쓰고 뭐 하냐고 물었더니 생각하는 중이라고 했다. 무슨 생각을 그렇게 오래 하냐면서 핀잔을 주곤 했다. 그렇게 말을 해도 바로 쓰지 않지만, 조금 더 지나서 일기를 쓰기는 쓴다. 보여 달라고 하면 보여 주지 않는다. 밤에 아이가 잠든 뒤에 일기를 살짝 읽어보니 생각하고 쓴 글이 맞다. '이

일에 대해서 이런 생각을 할 수도 있구나!' 할 때가 많았다.
물론 어쩌다 빨리 쓴 날은 '~~했다. 재밌었다'로 끝나기도 했다.

누나와 기질이 서로 다르다 보니까 오해할 때가 많았다. 누나 입장에서 동생의 행동이 마음에 안 들면 대중적 다혈질인 누나는 동생에게 지적하는 말을 막 한다. 본인은 분명 좋은 충고로 하는 말일 것이다. 그렇게 충고를 하고 나면 말한 누나는 속이 시원하지만, 충고를 들은 동생의 마음은 그때부터 편치 않다. 들었던 말들을 곱씹으면서 곰곰이 생각하기 시작한다.

그런데 잠시 뒤 누나는 해맑게 웃으면서 동생에게 다른 이야기를 하면서 말을 건다. 동생은 이런 누나가 이해가 되지 않는다. "엄마, 누나는 어떻게 저럴 수가 있어요?"라고 하소연한다. 아직 감정이 가라앉지 않은 동생인 아들은 그 서운한 감정에 빠져들기 시작하고 있는데, 다혈질 누나인 딸은 이미 감정 정리가 끝나버려서 아무일 없었다는 듯이 다른 이야기를 하는 것이다. "누나는 벌써 다 잊어버렸다. 너에게 감정이 있어서 그렇게 한 게 아니다."라고 말해 줘도 아들은 이해를 잘 못 했다. 어떻게 사람이 저럴 수가 있지 하면서 고개를 흔들 때가 많았다.

두 살 터울의 남매지간이어서 늘 같이 놀면서 컸다. 어릴 때부터 아이들은 서로 잔잔하게 다툴 때도 있었지만, 곧 풀고 잘 놀았다. 게임 같은 것을 할 때 누나가 매번 이기면 동생이 억울하고 분해하기도 했지만, 서로를 미워하거나 치고받고 싸우거나 하지 않았다.

엄마 아빠가 일 때문에 늦게 들어 올 때가 많았다. 할머니께서 챙겨 주셨지만, 아이들은 서로를 의지하면서 엄마 아빠를 기다렸다. 서로 의가 좋았다고 말할 수 있는 남매다. 그런데도 기질이 서로 다르다 보니 커서는 큰 소리로 다툴 때가 간혹 있었다. 서로가 이해가 안 된다고 하면서 소리를 높였고, 밀리는 한쪽에서는 억울해 하기도 했다. 억지로 사과를 시켜 서로 "미안해" 하면서 사태를 수습하곤 했다. 그러다 보니 새로운 일이 생기면 똑같이 반복되었다.

기질 다스리기로 강의를 준비하면서 아들과 딸의 기질 테스트를 하였다. 그렇게 해서 나온 기질이 대중적 다혈질과 완벽주의 우울질이었다. 기질별 특징을 서로 읽으면서 "아하, 그래서 그랬구나!"하고 우리는 서로 웃었다.

딸과 나는 대중적 다혈질이다 보니까 말이 많다. 말이 생각보다 먼저 나가 실수할 때도 많았다. 자기 물건들을 잘 챙기지 못하고, 계획적이거나 조직적이지 못하다. 재미있는 것을 좋아하고 기억을 잘 못할 때도 많다. 금방 흥분하고 금방 가라앉는 감정 형태를 보인다는 걸 알게 되었다. 아들은 누나와 엄마가 다혈질이어서 금방 야단치고 금방 돌아서서 웃을 수 있는 사람이라는 것을 이해하게 되었다.

아들은 완벽주의 우울질이다 보니 생각이 너무 많은 사람이라는 걸 알게 되었다. 공부하려고 하면 책상 서랍부터 정리하는 특징이 있다는 것도 서로 알게 되었다. 책상 위에 온갖 책과 노트 등을 그대로 쌓아 두고 그사이에 책을 펴고 공부하는 딸. 공부를 시작하려면 책상 서랍부터 책상 위까지 다 정리하느라 시간이 너무 많이 걸리는 아들. 이것은 다른 기질 때문이다. 그냥 공부부터 시작하지 라고 말해도 듣지 않을 수밖에 없었다. 감정적으로도 아들은 시간이 좀 걸려야 했다. 천천히 생각하고 천천히 정리해야 하므로 금방 웃을 수가 없었다. 그리고 아들은 말보다는 행동으로 보여 주는 편이었던 것도 이해가 되었다.

신랑이 옆에 없어서 가끔 슬퍼서 소리없이 울면서 돌아누워 있던 날들이 있었다. 그럴 때 아들은 말로써 나를 위로해 주기보다 내 팔을 쓸어 내리면서 "어머니"하고 불러 주었다. 아들의 이 행동과 말 한마디가 나에게는 큰 위로였다. 반면 딸은 말을 많이 해 줘서 고맙다. 전화해서 안부를 물어 주고

학교 생활을 이야기해 준다. 전화로 한참 이야기를 듣고 있으면 바로 옆에서 이야기를 나누고 있다는 느낌이 들기까지 한다.

기질 특징 중에서 사람들을 다스리는 방법에 대해서도 공감이 되었다. 다혈질인 사람은 매력을 사용해서 사람들을 다스린다. 이 점에 대해서는 생각해 보지 않았지만, 머리가 끄덕여졌다. 다른 사람들에게 내 의견을 관철시키기 위해서 말을 이리저리하면서 적극적으로 호감을 줬었다. 바로 그때 매력을 사용했었다는 걸 알게 되었다.

반면 우울질인 사람은 분위기로 위협한다. 이 부분에서 우리 가족은 "맞아" 하면서 손뼉을 쳤다. 우울질인 아들도 웃고 말았다. 아들은 정말 화가 나거나 자기가 하고 싶은 것을 못하게 되면 그때부터 입을 딱 다물어 버렸다. 싸한 분위기를 조성하면서 주변에 사람이 근접하지 못하게 했다. '나 지금 화났으니, 건드리지 마'하고 엄포를 놓는 것 같았다. 이런 내용을 서로 보면서 서로가 다르다는 것을 알고 조금은 이해하게 되었다.

우리 가족이 자주 부딪히는 문제 중에는 이런 것도 있다. 아이들이 어릴 때 뭔가를 하기로 약속했지만, 못할 때가 더러 생겼다. 그러면 딸은 처음에는 서운해 했지만, 말로써 계속 설명을 해 주면 빨리 단념하고 바로 기분이 다시 좋아졌다. 다른 재미있는 걸 찾으려고 했다. 하지만 아들은 왜 약속을 지키지 않느냐면서 한참을 투덜대고 기분 나쁜 채로 있다가 시간이 좀 지나가야 조금씩 기분을 풀었다. 어쩌다 갑자기 뭔가 다른 것을 하거나 다른 데로 가자고 하면 딸은 금방 알았다고 하면서 따라 가려고 나섰지만, 아들은 갑자기 왜 그렇게 하냐면서 바로 따르지 않았다. 그냥 성격이 소심한 편이라 그런 거라고 치부했었는데, 기질 풀이를 보고 나니 우울질인 사람은 계획적이고, 조직적인 것을 좋아하기 때문에 갑자기 계획에 없던 걸 말하게 되면 당황한다는 것을 알게 되었다. 이제는 아들의 이런 태도를 훨씬 쉽게 이해할 수 있게 되었다.

서로 다른 기질 중에서 다혈질인 엄마가 우울질인 아들을 대하는 게 많이 힘들 수 있다는 부분을 보면서 내가 왜 아들을 대하기가 불편한지를 조금 알게 되었다. 나는 자기 이야기를 많이 하는 아이가 밝은 아이고 행복한 아이라고 생각했다. 딸은 학교 갔다 집에 오면 학교에서 있었던 일들을 쉽게 꺼내고 한참을 이야기한다. 그러나 아들은 쉽게 말을 꺼내지 않는다. 우선은 자기 책상에 앉아서 쉬면서 자기 시간을 가질 때가 많다. 아들이 기분이 나쁜가 하고 걱정을 하곤 했었다. 나중에 저녁을 먹으면서 다그치지 않고 편안하게 말을 걸면 그때야 한두 가지 이야기를 하곤 했다. 기질 특성상 우울질인 사람은 말없이 혼자 있어도 그걸 슬프게 느끼지 않는다는 것을 알게 되었다. 혼자만의 시간과 공간을 중요하게 생각하기 때문이다.

또한 우울질인 사람은 말수가 적어도 함께 지내는 것을 좋아한다고 하였다. 말이 많은 나를 기준으로 아이를 판단해서는 안 되는 거였다. 아들은 자기 마음이 내키면 한참 이야기할 때도 있다. 그럴 때 아들의 이야기를 잘 들어주는 것이 중요하다는 것도 알게 되었다. 실제로 어떤 일에 대해서는 아무리 물어봐도 생각 정리가 다 안 되어서 아직 이야기해 줄 수 없다고 한 적이 있었다. 나는 그냥 어땠는지를 물어본 거였는데 듣지를 못했다.

두어 달이 지나서야 그때 있었던 일에 대해 듣는데 한 시간 이상이 걸렸다. 본인의 생각이 정리되고 말을 하면 이렇게 길게 말할 수 있는 아이라는 걸 처음으로 알게 되었다. 조급한 마음으로 아들을 대해서는 안 되는 거였다. 긴 이야기를 다 듣고 나니까 아들이 그 과정에서 마음이 어땠는지도 알게 되었고, 최대한 객관적인 시각에서 이야기를 전하고 싶어 한다는 것도 알게 되었다.

서로 기질이 달라서 나타나는 특징들을 이해하지 못하여 답답할 때도 더러 있었다. 무조건 수용해 주려고 노력하였지만, 이해는 다 안 되었다. 그러나 기질을 알고 나니 그 내용이 다 맞아 떨어지는 것은 아니지만 비슷한 부분들이 있었다. 금방 대답하지 않으면 순간 '내 말을 무시하나?'하는 생각이 들기도 했었는데, 무시가 아니라 어떻게 대답해야 할지를 몰라서 대답을 못하는 것이었다. 갑자기 질문하면 우울질인 아들은 그 말을 듣고 생각이 정리되어야 대답을 하는 거였다. 오해할 필요가 없는 부분이다.

서로의 약점도 알고 나니까 서로가 조심해야 할 부분도 알게 되었다. 아들은 분위기로 제압하는 자기의 약점을 알게 되면서 스스로 인정하게 되었다. 나 역시도 이런 아들의 약점을 어떻게 보완해 줄 수 있는지를 생각해 보기 시작했다. 딸의 정리 정돈이 잘 안 되는 것도, 자기 물건을 잘 챙기지 못하는 것도 기질에서 오는 약점이라는 것을 알고 대하니 마음이 더 편해졌다. 그럴수 있다고 받아들이게 되었다.

이렇게 서로 다른 점만 있는 것은 아니다. 우리 가족은 주도적 담즙질 성향을 조금씩 가지고 있다. 그래서 어떤 목표가 생기면 온 가족이 다같이 그 일이 이루어지도록 서로 협력을 한다. 좀 힘들어도 성취해 내고 싶다는 욕심이 같이 작용한다. 실제로 여러번 서로 생각을 모아서 더 좋은 방법을 찾아 좋은 결과를 낸 적도 있었다.

서로 기질이 달라 이해가 안 되어서 힘든 부분이 있지만, 만약 모두 기질이 같다면 과연 더 행복할까? 온 가족이 대중적 다혈질이면 어떨까? 가족 간에 서로 말을 더 많이 하려고 하고, 재미있는 일만 찾으려 하고, 단순하고 생각이 깊지 못하고, 계획이 없고 하면, 좋은 점도 있겠지만 힘든 점도 많을 것이다. 또 온 가족이 완벽주의 우울질이면 서로 말도 적고 다같이 기분이 나쁠 때 누가 나서서 기분을 풀어 줄 수 있겠는가? 서로 잘 맞을 때는 아주 좋지만, 서로 맞지 않을 때는 심하게 사이가 나빠질 수 있을 것이다.

나에게는 다혈질인 딸과 우울질인 아들이 있어서 정말 다행이다. 딸과 내가 들떠서 쉽게 흥분할 때 아들이 우리를 진정시켜 주는 역할을 한다. 또한 우울질인 동생이 힘들어 하는 일이 생기면 다혈질인 누나가 옆에서 에너지를 올려 주는 역할을 해 준다. 서로 다르기 때문에 서로 보완도 해 줄 수 있다. 서로 이해하고 도와주려고 노력하다 보니 우리의 약점들이 조금씩 나아지는 것도 경험하게 된다.

다혈질인 딸은 나의 기분을 잘 알아주고 쉽게 이해해 준다. 해야 할 일을 하지 않고 순간적으로 다른 재미에 빠진 나를 보고 "어머니, 그러시면 안 돼요. 정신을 차리셔요."하면서 애교로 나를 돌이키게 해 준다. 순간순간 서둘러서 뭔가를 하려고 할 때 옆에서 아들이 "어머니 천천히 하셔도 돼요." 하면서 진정시켜 준다.

얼마나 고마운지 모른다. 아들을 대할 때 일방적인 내식으로 대하려는 태도에서 벗어나서 아들의 마음을 생각하면서 대할 수 있도록 계속 노력하고 있다. 이 덕분에 우울질인 다른 사람들을 대하는 태도도 조금씩 더 편안해지고 있다. 무지개가 여러 색깔이어서 이쁜 것처럼 우리 가족도 서로 기질이 달라서 흥미롭고 재미있다.

내 삶을 지키는 하나뿐인 울타리

'아 빨리 집에 가고 싶다' 퇴근 시간이 다가오면 드는 생각이다. 부지런히 운전해서 집에 오면 친정어머니가 계신다. "다녀왔습니다.", "그래 왔어." 이렇게 인사를 나누고 하고 싶은 이야기를 잠깐 나눈다. 그리고 각자 자기가 하고 싶은 일을 한다.

친정어머니께서는 요즘 하모니카를 배우고 계신다. 시작하신 지 3개월 정도 되셨는데 실력이 날마다 늘고 있다. 이제는 하모니카가 4개가 되어 하모니카 집을 따로 사 드렸다. 일흔이 훨씬 넘으신 연세이지만 연습에는 당할 장사가 없다. 시간이 날 때마다 하모니카를 부신다. 처음에는 동요와 가요를 부시더니만 언제부턴가 찬송가를 부신다. 어제도 찬송가를 부시는데 잘 부셨다.

나이는 숫자에 불과하다는 말을 이럴 때 쓰는 게 맞는 것 같다. 1주일 연습량을 모아 보면 엄청나다. 자연히 실력이 쑥쑥 늘고 있다. 친정어머니를 보면 나중에 내가 어머니 나이쯤 되면 저만큼의 열정과 건강을 유지할 수 있을까 싶다.

친정어머니께서는 평소 드시는 약은 하나도 없다. 지인들이 가져다준 비타민 정도가 전부이다. 신앙 생활과 취미생활이 삶의 활력을 주어서 건강하고 행복하게 사시는 모습이 굉장히 존경스럽다. 어머니의 좋은 점을 나도 꼭 배워야지 하고 다짐해 본다. 퇴근 후 어머니는 방에서 하모니카를 연습하시고, 나는 책상에 앉아 그날 할 일을 한다. 그렇게 주중의 저녁 시간을 보낸다. 말을 많이 하든 안 하든 문제가 되지 않는다. 그러나 같이 저녁을 먹을 때는 한참 이야기하기도 한다. 편안하게 저녁 시간을 보내고 있으면 이런 게 행복이지 하는 생각이 자연스럽게 든다.

이번 주중에는 아들을 보지 못했다. 주중에 한두 번씩은 영어 과외를 가느라 얼굴을 봤는데, 이번 주는 연락이 없었다. 다음주부터 기말 고사여서 안 가기로 한 것 같다. 그래서인지 이번주는 좀 길게 느껴진다. 금요일인 오늘 저녁에는 드디어 아들 얼굴을 볼 수 있다는 생각만으로도 즐거웠다. 우리 가족은 특별히 할 이야기가 있을 때 문자나 카톡을 한다. 별일 없는 일상에서는 서로가 '잘 지내고 있겠지'라고 생각한다. 나는 아침저녁 짧은 기도 속에서 아이들을 그분의 손에 맡기며 감사 기도를 한다. 하루를 시작하면서 생각하고, 하루를 마치면서 아이들을 떠 올린다. 나에 대한 기도보다는 가족들에 대한 기도가 먼저이다. 그러면서 함께하는 가족이 있다는 게 너무너무 감사하다.

기숙사 생활을 하면서 공부하느라 애쓰는 아들을 생각하면서 이번주에는 공부하는 중에 조금씩 성취감과 재미를 찾을 수 있기를 바라는 마음을 가져 보았다. 막상 만나서 아들의 이야기를 들어보면 한 주간을 어떻게 보냈는지 알 수 있다. 설사 기대하는 대로 되지 않아도 괜찮다. 한 주간 건강하고 즐겁게 학교 생활 잘하고 온 것만으로도 고마운 일이다. 특별한 일들이 있거나 감기 등으로 아프거나 다치거나 했으면 연락이 왔을 텐데 무소식이 희소식이라는 말이 그대로 인 것 같다. 아들이 집에 와 있는 주말은 친정어머니와 나도 살짝 기분이 더 좋아진다. 친정어머니는 보고 싶었던 손주를, 나는 아들 얼굴을 보는 것으로도 좋기 때문이다. 서로 사랑을 주고받을 수 있어서 기분이 좋아지는 것 같다.

지난주에 방학이 시작되어 딸이 집으로 돌아왔다. 집에 오니까 너무 좋다고 한다. “엄마 보고 싶었어~”를 몇 번이고 반복한다. 이 말을 들을 때마다 입꼬리가 올라간다. 이 한마디에 왜 이리 기분이 좋은지 모르겠다. “나도 보고 싶었어.” 라고 하니 딸이 더 크게 웃으면서 끌어안는다. 서로 안으면서 그동안 힘들었을 서로를 위로하는 포옹을 했다. 잘 지내고 온 딸을, 잘 지내고 있었던 엄마를 격려해 주는 포옹이기도 하다.

딸이 처음 서울로 올라갈 때 동생인 아들이 계속 걱정을 했다. “어머니, 누나 잘 할 수 있을까요?” 잘 하겠지 하고 대답해도, 금방 돌아서서 “진짜 잘 할 수 있을까요? 심히 걱정되는데요.” 잠시 뒤에는 “그래도 S대 학생이니까 잘 하겠죠.” 하면서 걱정을 끝마쳤다. 아들과 나의 걱정 반 기대 반 속에서 딸은 무사히 잘 마치고 내려왔다. 즐겁게 학교 생활을 한 것은 분명하다. 친한 친구들을 몇 사귀었고, 놀기도 많이 했다고 한다. 그렇다고 수업을 대충 듣지도 않은 것 같다. 과제도, 벼락치기 시험 공부도 열심히 한 것 같다. 자기가 할일들을 알아서 잘 해낸 것만 해도 무척 대견하다. 가끔 통화하면서 서로에게 했던 응원이 작은 도움이 되었을 것으로 생각한다. 딸은 가족은 자주 연락 안 해도 전혀 어색하거나 멀어지거나 하지 않는 게 가족이라고 말한다. 나도 이 말에 동감이다. 서로를 늘 마음과 생각속에 담아 놓고 있기에 언제나 만나면 계속 함께 사는 것 같은 사이가 되어 있다.

만약에 가족이 없다면 어떨까? 가끔 집안에 혼자 있을 때가 있다. 혼자 있으면 참 좋겠다는 생각을 할 때도 더러 있지만, 막상 혼자 있으면 아무것도 안 하고 하루를 보내게 된다.

뭐든지 하기가 싫다. 밥도 대충 먹고 군것질거리를 더 찾게 된다. 가족들과 함께 있으면 더 챙겨서 먹게 되고 뭔가를 더 하게 된다. 서로가 눈에 보이니까 내가 해야할 일을 알아서 할 수 있게 된다. 할머니가 뭔가를 하시고 계시고, 엄마가 책상에 앉아 노트북을 열어 놓고 뭔가를 하고, 딸도 아들도 자기가 하고 싶은 뭔가를 한다. 분명 혼자 있을 때보다는 좀 더 생산적인 뭔가를 하게 된다. 가족이 함께 있는 것만으로도 서로에게 좋은 자극이 된다.

신랑이 우리 가족을 떠나간 지 1년이 넘었다. 지난 1년이라는 시간이 길게도 느껴지고, 한편으로는 벌써 1년이 지났어라고 느껴지기도 한다. 친할머니를 떠나 보낼 때는 아버지가 계셔서 그래도 든든했다. 아버지를 떠나 보낼 때는 신랑이 옆에 있어서 든든했다. 그러다 신랑을 떠나 보낸 지금 어머니와 딸과 아들이 있어서 견딜 수 있다. 가족들을 떠나 보내는 슬픔을 남은 가족들이 위로해 주었다. 아빠와 가장 친한 친구가 되어 늘 같이 생활하던 엄마의 마음이 얼마나 슬플까 하면서 울고 있는 나를 아이들이 안아주고 쓰다듬어 주었다. 어린 나이에 아빠를 보내야 했던 딸과 아들의 슬픔은 또 얼마나 컸을까. 아빠가 옆에 있으면 정말 세상에 걱정 거리가 없었을 텐데 그런 아빠가 없다니. 언제나 아이들의 마음을 잘 알아주고 지혜롭게 이끌어주던 자상하고 따뜻한 아빠를 다시 볼 수 없다는 게 얼마나 힘들었을까.

장모님한테 싫은 소리, 싫은 얼굴 한 번 보이지 않고 아플 때도 장모님을 위해 생일케익을 만들어주던 따뜻한 사위를 먼저 보내야 했던 친정어머니의 마음은 또 얼마나 힘드셨을까. 큰 슬픔의 상처를 각자 가지고 살아가고 있기에 남아 있는 가족이 귀할 수밖에 없다. 영원히 함께 못한다는 것을 잘 알기에 오늘 하루 얼굴 볼 수 있을 때 서로가 좀 더 잘하려고 마음을 쓰게 된다.

슬퍼하는 것과 슬픔에 빠진 것은 다르다. 지금도 문득문득 신랑 생각이 나면 눈물이 흘러 순간 슬퍼진다. 보고 싶다는 그리움에 눈물이 흐른다. 아이들과도 얘기하다가 아빠 이야기가 나오면 울다가 웃다가를 한다. 운다고 해서 왜 우냐고 화를 내거나 기분을 상해하지 않는다. 잠시 서로 안아주고 울게 둔다. 그러고 나면 다시 웃겼던 이야기가 나오게 되고 사진 속에 있는 아빠를 가리키면서 웃고 만다. 슬퍼하기도 하지만 그 슬픔에 빠져서 우리 자신을 버리지 않을 수 있다는 것을 가족들을 통해서 알게 되었다.

내가 어렸을 때는 집안에서 우는 것을 금기시하는 경향이 있었다. 울면 어서 그치라고 누군가가 다그쳤다. 울거나 불평을 하거나 짜증을 내면 안 되는 것으로 알고 컸다. 이렇게 자라다 보니 가족들과 고민을 의논하지 않게 되었다. 친구들을 찾아 나갔고, 정작 내 마음이 어떤지는 깊게 생각해 보지 않고 살아가게 되었다. 내 문제는 그냥 내가 알아서 잘 해 나가면 된다는 막연한 자만심으로 가득한 20대를 보냈다.

하지만 지금의 우리 가족은 이런 점에서는 아주 다르다. 아이들이 어릴 때도 우리 부부는 모든 이야기를 아이들과 함께 나누었다. 아이들이 이해하든 못하든 함께 옆에 있으면서 이야기를 했다. 더러 어른들 얘기를 할 때 아이들이 못 듣게 하면서 얘기하는 집도 있지만 그렇게 하지 않았다. 아이들도 자연스럽게 요즘 부모님이 무슨 얘기를 하는지 짐작은 할 수 있게 되었다. 아이들의 문제도 당연히 함께 이야기했다.

그러면서 아이들이 집안에서 가끔 예의없이 행동할 때가 있어도 하고 싶은 대로 표현하도록 두었다. 적어도 집안에서 자유롭게 하고 싶은 대로 하고 살아야 하는 게 더 좋다고 우리 부부는 생각했기 때문이다. 화가 날 때는 화도 내고, 울고 싶을 때는 마음껏 울 수 있게 해 주었다. 화가 나도 안 난 척, 슬퍼도 슬프지 않은 척 가장하지 않도록 했다. 그래서 먼저 아빠와 엄마가 아이들 앞에서 감정을 가장하지 않았다.

내 기억에 우리 신랑이 아주 크게 화를 내는 것을 한 서너 번 정도 봤던 것 같다. 나야 물론 훨씬 더 화를 낸 적이 많았다. 요즘도 어쩌다 아이들끼리 큰 소리를 낼 때가 있는데, 그냥 두면 잠시 뒤에 서로가 화해하는 모습을 볼 수 있다. 감정은 표현하고 나면 흩어진다는 것을 경험으로 알게 되었다. 그렇다고 딸과 아들이 밖에 나가서 예의없이 행동하지는 않는다. 참아야 할 때 참을 줄 알고, 다른 사람을 배려해야 할 때 배려할 수 있는 밝은 아이들로 크고 있다.

마카오에서 선교하시는 목사님 댁을 딸과 아들이 다녀온 적이 있다. 목사님 내외분과 그 자녀들의 사랑을 많이 받고 돌아오면서 책상 위에 환전해 가지고 가서 남은 돈을 모두 올려놓고 왔다. 아주 적은 액수의 돈은 아니었다. 집에 도착해서 그 이야기를 듣고 얼마나 감사했는지 모른다. 사랑을 받기만 하는 아이들이 아니라 사랑을 나눌 수 있는 아이들로 컸다는 점이 너무 감사하고 기뻤다.

지금 나에게 있는 가족이 내 삶을 지키는 울타리이다. 이 울타리 안에서는 무엇이든지 할 수 있다. 기뻐할 수도 있고, 즐거워할 수도 있고, 슬퍼할 수도 있고, 짜증을 낼 수도 있다. 그래도 괜찮다. 나의 모습을 내 가족이 받아 주고 있다. 나의 감정을 털어버릴 수 있도록 가족이 도와주고 있다. 이 받은 사랑을 나도 가족들에게 돌려 주고 있다. 그리고 우리 가정을 넘어서 다른 사람들에게도 전하고 있다.

마치는 글

우리 주변에는 질병이나 사고 등으로 소중한 가족을 잃고 살아가는 사람들이 많다. 언제까지나 함께 살아갈 줄 알고 지내다가 가족을 먼저 떠나 보내게 되면 슬픔과 원망이 몰려 올 수 있다. 그러나 아무리 슬퍼하고 원망한들 떠난 사람이 다시 돌아 올 수는 없다.

우리 곁을 어쩔 수 없이 떠난 가족에 대해 함께했던 시간들을 돌아볼 수 있기를 바라는 마음으로 이 글을 쓰기 시작했다. 처음에는 특별히 큰 일들만 기억이 나는 것 같았지만, 계속 생각을 좇아가다 보니 작은 일들도 같이 기억이 났다. 내가 신랑을 많이 사랑하고 수용했다는 생각을 늘 했는데, 돌아보니 받은 사랑이 더 많았다. 먼저 나를 수용해 준 사람이었다. 그 사람의 좋은 점은 떠나고 난 뒤에 안다고들 하더니만 정말 그랬다. 함께했던 시간 속에서 이걸 깨달았었다면 더욱 좋았을 것을 하는 아쉬움은 어쩔 수 없이 남아 있다.

남편을 보내고 난 뒤 우리 가족은 슬픔에만 빠져 있을 수 없었다. 자기 목숨과 바꾸면서 우리 가족들을 위해 애쓴 그 수고와 사랑에 조금이라도 보답하는 것이 남은 우리 가족들이 할 수 있는 일이라고 생각했다. 나와 우리 아이들은 아빠가 살아 계실 때 하던 것처럼 자기가 맡은 일을 계속 하면서 슬픔을 달랬다. 남은 가족들이 잘 살아가는 것이 아빠의 사랑에 대한 감사의 표시라고 생각하면서 오늘도 살아가고 있다. 이제는 남아 있는 가족들끼리 살아도 잘 살아갈 수 있다고 믿어 주시리라 생각한다. 오늘 우리가 열심히 살아갈 때 남편도 아빠도 우리 속에서 함께하고 있을 것이다. 그동안 심어준 사랑으로 오늘의 우리 모습이 되었으니까.

남편을 떠나 보내고 난 뒤 남은 우리들은 가족이 얼마나 소중한가를 새롭게 깨닫게 되었다. 가족이라고 편하다고 함부로 해서는 안 된다는 것을 더욱 절실히 느꼈다. 소중한 사람들이기에 소중하게 대해야 한다는 것을 남편은 우리에게 알려 주고 떠났다. 예전에는 가끔씩 아이들과 서로 목소리를 높여서 화를 내기도 하였다. 아이들끼리도 잘 지내다가 한 번씩 서로 감정이 격해지면 다툴 때도 있었다. 그러나 이제는 소리를 높이는 일은 거의 없다. 서로를 더 소중하게 여기면서 존중해 주는 것에 더 익숙해지게 되었다.

가장 행복할 때도 가장 슬플 때도 옆에는 늘 가족이 있다는 것을 알게 되었다. 내가 슬프고 힘든 만큼 아이들도 슬프고 힘들다는 것을 생각하면서 슬픔에서 일어날 수 있었고, 슬퍼하는 아이들과 함께 슬퍼하면서 슬픔을 나눌 수 있었다. 아빠가 그리울 때 아빠 사진을 보며 함께 울면서 슬픔을 씻어 내렸다. 함께 우는 가족이 있어서 슬프고 안타까운 시간들을 견딜 수 있었다.

만약 혼자만 남아 있었다면 과연 이 슬픔을 이겨낼 수 있었을까. 설사 이겨낸다고 하더라도 훨씬 더 힘든 시간을 많이 보냈을 것이다. 가족들이 있어서 일어설 힘을 낼 수 있었다. 엄마를 걱정하는 아이들의 사랑과 관심 속에서 일어설 수 있었다. 동생을, 누나를 염려하는 형제 간의 사랑으로 서로를 더욱 감싸주고 이해해 주게 되었다.

세상에서 가장 소중한 가족들을 소중하게 대하면서 살아가야 하겠다. 가족을 소중하게 대하는 사람이 자기 자신이 소중한 존재라는 것을 알고 살아가는 사람일 것이다.

이 글을 쓰기 전까지는 가정에서 자녀들이 부모들을 통해서 모든 것들을 배운다고 생각했다. 그래서 부모들은 자녀와의 관계를 좋게 하면서 인생의 좋은 모델로서의 역할을 하여 좋은 관계를 맺기 위해 노력해야 한다고 생각했다.

그러다 우리 가족에 대한 이야기를 쓰면서 아이들을 통해서 내가 배우고 크고 있다는 것을 깨닫게 되었다. 날마다 새로운 부모 역할을 해야 하고, 아이들도 날마다 커가면서 새로운 날을 살아가고 있는 것이다. 아이들과의 관계에서 갈등이 생길 때가 바로 부모도 아이도 성장을 할 수 있는 기회이다. 아이들의 행동을 통해서 내 안에 있는 미숙한 나의 모습을 많이 발견하게 된다.

아직도 아이들이 내 말을 잘 듣고 시키는대로 하는 게 사실 더 편하다. 내가 하는 이 말들이 아이에게 도움이 되는 것인지, 무력한 아이로 만드는 것인지 생각도 하지 않고서 말할 때가 있다. 만약 내 말대로만 움직인다면 그건 사람이 아니라 로봇트일텐데. 스스로 생각하여 자기 문제를 해결하기 바란다고 하면서 그래도 엄마인 내가 시키는 말은 바로바로 들어주기를 바라니 이게 얼마나 어리석은 생각인가.

아이의 욕구보다 엄마인 내 욕구만을 중요하게 생각하는 미숙함이 아직도 남아 있다. 아이를 내 마음대로 조정하려는 욕심을 내려 놓을수록 아이와 관계도 좋아지고 나도 성숙해져 가는 것을 알 수 있다. 아이를 있는 그대로 받아 주는 마음이 커질수록 성숙한 부모가 되어 가는 것 같다.

나의 무리한 요구에 아이들이 반대의 뜻을 표시할 때 '아차, 내가 또 욕심을 부리고 있구나. 내 마음대로 하고 싶었구나' 하면서 내 모습을 발견하고 내려 놓는 연습을 계속 해 나가게 된다. 자녀들을 통해서 배우려는 마음을 가지기 시작하면 그순간부터 많은 것들을 배울 수 있다. 엄마인 내가 성숙해지기 위해서 배워가다 보면 아이들도 어느새 함께 성장하게 된다. 부모와 자녀 간의 관계는 배움과 가르침이 함께 일어나는 관계이다. 서로 더 많이 배우려고 할수록 서로를 더욱 존중하고 사랑하게 된다.

사랑과 존중을 주고받으면서 함께 배우고 깨달아가는 가족이 우리들의 삶을 지키는 울타리가 된다. 날마다 울타리를 다듬고 보살펴 튼튼하고 행복한 울타리가 되도록 오늘도 남아 있는 가족을 소중하게 대하면서 살아가자.